U0942462

CONTENT

推薦序 1：

「每個人都有自己想講嘅故事，

Rannes教你點用AI開創自己嘅天地。

一本實用又充滿誠意嘅好書。」

古天樂

推薦序 2：

文恩澄用十年跨界歷程，為你鋪平AI學習之路

首次認識文恩澄，已是十多年以前的事了。當年，她以歌手身份出現在我的視野中，接著轉型投入影像製作，近來更是毫不猶豫地踏入人工智能這個新領域，以令人驚訝的速度成為業界的專家。

回想起來，她給我的印象一直是個喜歡「動手做」的人，遇到問題從不消極等待，而總是積極主動去開拓解決之道。我想，這種主動探索與快速應變的特質，正是現代人要在這瞬息萬變的時代立足，最不可或缺的能力之一。

當下人工智能正急速重塑我們的生活和職場，無論在哪一個行業，若未能主動掌握新技術，都將難以跟上時代。本書從實際應用出發，為讀者清楚勾勒出AI的核心概念，提供簡單、實用的學習路徑。

相信透過Rannes的親身經歷和豐富心得，各位能更有效地應對時代挑戰，找到屬於自己的優勢和機會。

Ming仔

推薦序 3：

Rannes讓我從電腦白紙到AI應用達人

我先承認我是一個電腦白癡，但上過Rannes 的AI課堂，教學方法簡單易明，會從基本知識開始教起，亦會教我將AI和坊間其他app結合使用。對於像我這種電腦白紙，亦不厭其煩一再解釋。而且本身是廣告導演的Rannes，因為會接觸到不同行業，會好了解我用AI目的，可以針對性地教我工作需要的AI 工具。本身我對於用電腦處理文件、表格、圖片製作、影音製作等，都感覺到非常不容易，但這些卻全是我事業發展上的重要知識和工具。Rannes 教曉我運用AI，讓這些工作簡化，省卻不少工作時間。善用AI 真係可以令工作便利，提升效率，從而讓我們的時間運用在更值得的人和事上。推薦此書給想提升生活品質的大家。

李綺雯

藝人、marketing 公司老闆
健美比賽marketing、健身教練

推薦序 4：

AI由零開始？一堂課，開啓我人生新視窗！

認識Rannes好多年，佢外表溫柔文青，實際係超強女漢子！唱歌、寫歌、拍片、剪片、攝影、導演樣樣識，仲要超高EQ、反應快、學習力勁強，對AI更係全情投入。

我一直對AI有興趣但唔知點開始，直到上咗Rannes嘅AI入門班，第一堂已經覺得世界打開咗！當晚返到屋企即刻練ChatGPT練到早上6點，仲開咗自己嘅YouTube頻道，發佈咗第一條AI動畫療癒片！

Rannes教學深入淺出、資料豐富，講解清晰易明又好笑，notes圖文並茂，手把手教你學，真係零基礎都學得識。最重要係佢有魔力，令人一聽完就想立即行動。

佢將AI變成一件好玩又易明嘅事。你肯問，佢一定肯教。真心推！

Kellyjackie（KJ）

歌唱導師/ 身心靈咨詢師/歌手/ Rannes AI 堂學生

序言：我的AI自媒體之路

如果有人在十年前告訴我，有一天我會成為AI的教育者，我一定會難以置信。從6歲學鋼琴、8歲開始上不知道學了甚麼的電腦暑期班，下刪一百字在電腦及音樂興趣間遊走，到讀書時代修讀電腦程式、投身社會後教鋼琴、因寫歌變成歌手、再成為剪接師、廣告導演、幾年前完成遊戲製作證書課程，看似毫無關係的背景與學習，到今天竟合成為讓我投身AI領域的一扇大門，這一切並非計畫之內，但回望來時路，我才發現，這段旅程其實早有跡可循。

作為一個長時間從事創意領域的人，當AI開始崛起，我第一時間就投入研究與嘗試，但初期卻不敢向人提起，因為害怕遭到同行的誤解，事實也是許多創作者都對它產生了質疑與擔憂。他們擔心AI是否會取代人類創作，甚至削弱專業創作者的價值。然而，對於自小修讀電腦又熱愛創作的我來說，AI並不是威脅，反而是令人興奮的新玩意。我現在夠膽坦誠地說：我一開始已有用，只是低調地用。

但當我與AI建立起新的工作模式，我發現它並不是一個要與創作者對立的「競爭者」，而是可以與我們攜手合作的「共創者」。AI並沒有剝奪我的創作主導權，反而讓我更專注於發揮人類最珍貴的創造力。它讓我的工作效率倍增，使我能夠更快速地將靈感化為內容，並且更有策略地經營自媒體。它不僅是我的助手，還像是我的軍師，幫助我找到市場定位、細分受眾，甚至制定更精準的行銷策略，我的生產力大大提升，同時我的空餘時間比以前多出數倍，讓我能夠更靈活地規劃創作與生活。

回想自己經營YouTube頻道的這十五年，我曾經毫無策略，純粹想分享自己生活，想到什麼就拍什麼，內容雖然充滿熱情，卻缺乏明確的方向，導致成長緩慢，中途更因工作太忙停止更新了七年時間。但當我開始運用AI，短短數個月內，我的頻道開始迎來真正的突破。AI幫助我分析數據，理解觀眾需求，甚至優化內容創作流程，最重要的是令我大大減輕影片製作的時間，讓我能夠專注於最具價值的部分——創作出既能表達自我，又能與觀眾產生共鳴的內容。

這本書的誕生，源於我這段旅程的體悟。我希望它能夠成為每一位想要進入自媒體世界、卻不知從何開始的人的指南。我會帶你一步步了解，如何透過AI把自己的專業、興趣或商業理念轉化為影響力與收入。從市場定位、內容策劃、AI高效創作，到社群行銷與變現策略，本書將提供一套完整的方法，讓你能夠有策略地經營自媒體，而不再是漫無目的地摸索。

這不會是一本冷冰冰的技術手冊，而是一份讓AI服務於你，放大你個人價值的實戰指南。我希望透過我的經驗，讓你看到AI不只是科技工具，而是一種賦能，它能讓一些有想法、有故事、有才華的人，更輕鬆地被世界看見，並且真正把熱情變成可持續的事業。

這條AI自媒體之路，我已經踏上，而你，準備好了嗎？

Part 1 AI時代的創意與自媒體

Chapter 1
人人都是創作者——是好是壞？

隨著AI技術的普及，創作門檻大幅降低，現在幾乎任何人都可以透過AI工具快速產出內容——從寫作、設計到影片製作，甚至音樂創作，AI幾乎無所不能。這讓許多人開始思考一個問題：當創作變得這麼容易，究竟是讓內容產業百花齊放，還是導致市場被大量低質素內容淹沒？根據Recent AI Content Analysis的研究，AI生成的內容佔據了網路文章的30%以上，而其中超過60%的AI生成內容存在缺乏原創性或重複資訊的問題。這使得市場上的資訊過載，讓真正有價值的創作變得更加難以脫穎而出。（資料來源由ChatGPT搜尋）

在過去，內容創作往往需要長時間的學習與磨練，無論是寫作、攝影、剪接還是設計，都需要經過專業訓練才能達到一定水準。然而，AI讓這些技術變得觸手可及，一個沒有設計背景的人，現在只要輸入幾個關鍵字，就能生成專業級的圖像；一個沒有剪接經驗的人，也能透過AI生成一條完整的短片。這種變革，讓更多人有機會參與創作，形成了「人人都是創作者」的時代。

這樣的發展當然有其好處。AI工具的普及讓個人品牌經營變得更加容易，無論是企業還是個人，都可以透過AI更快速地生產內容，測試市場反應，甚至找到自己的受眾。對於許多新手來說，AI更像是一個強大的助推器，幫助他們更快踏入創作領域，縮短學習曲線，並提供無限的靈感與可能性。即是沒有受過專業訓練的人，也能利用AI生成出高質量的文案、圖像和影片，讓內容創作變得更加民主化。

但同時，當創作變得過於簡單，市場上開始充斥大量同質化內容，質素參差不齊，甚至有許多「AI味」濃厚、缺乏人性溫度的作品。不知道大家有否發現，隨著AI的出現，市場上出現一堆「一式一樣倒模式」的生成內容，例如缺乏個人觀點與深度甚至有欺騙成份的文章；視覺效果吸引，但缺乏創意故事性、意義、或品牌一致性的AI生成的影片及圖像；甚至有些AI創作的社交媒體貼文，雖然符合SEO規則，卻缺少真正能夠引起觀眾共鳴的情感與個性。

這種趨勢讓許多專業創作者感到焦慮，擔心用上AI便代表自己也會成為濫出內容的一群，或是擔憂觀眾的標準逐漸下降，導致真正有價值的創作反而難以被看見。但我想告訴大家，創作自主權可以依然在你手，你只要不想成為所謂「垃圾內容」的創作者，你便不會成為垃圾內容創作者。當所有人都能輕易生成內容時，競爭的焦點不再是「能否創作」，而是「如何創作出有獨特價值的內容」。AI只是工具，怎樣去運用它，還是我們創作者的工作。

另一個值得關注的問題是，當AI可以協助快速創作，許多內容的真實性、原創性開始受到挑戰。AI可能生成錯誤或不準確的資訊，甚至因為依賴大量現有數據，而導致內容變得千篇一律。BBC近期研究發現，主流AI聊天機械人在回答新聞時事問題時，經常出現事實錯誤，例如錯誤陳述政治人物的職位或曲解公共政策資訊。此外，在法律領域，美國曾有律師依賴ChatGPT搜尋案例，結果ChatGPT生成了6宗並不存在的法律判例，導致該律師面臨紀律聆訊。同樣，在學術寫作領域，AI可能會錯誤地引用來源，甚至自動填充不存在的研究，導致資訊錯誤。這些案例顯示，創作者需要更加小心，確保內容的可信度，並透過個人風格、觀點和經驗來讓作品脫穎而出。

在資訊犯濫的年代，如何脫穎而出？

那麼，在這個「人人都是創作者」的時代，我們該如何保持競爭力？關鍵在於「AI是工具，而不是創作者」，真正能夠脫穎而出的，依然是那些懂得如何運用AI並加入個人風格與價值觀的創作者。與其擔心AI取代人類，我們更應該思考如何與AI合作，將其作為創意的延伸，幫助我們提升效率，而不是取代我們的獨特性。你可能會問：「我在看的這本書是AI寫的嗎？」當然不是！我——文恩澄是這本書的作者，而AI在這個過程中扮演了輔助角色，協助我整理資訊、搜尋數據、提升效率，但最終的決策、風格、經驗分享、看法與情感仍然來自於我本人。這本書的寫作過程，AI的角色是我的校對編輯。

成功的AI創作者，並不是單純依賴AI生成內容，而是懂得運用AI來放大自己的創作力。他們會在AI生成的基礎上，加入獨特故事性、情感，甚至是個人風格，讓作品變得有溫度、有靈魂。

此外，AI也帶來了一種新的創作模式——「人機協作創作」。未來的創作可能不再是單打獨鬥，而是人類與AI共同合作的過程。創作者需要學會如何與AI互動，精確地引導AI輸出符合自己風格的內容，讓AI成為助力，而非僅僅是一個替代工具。

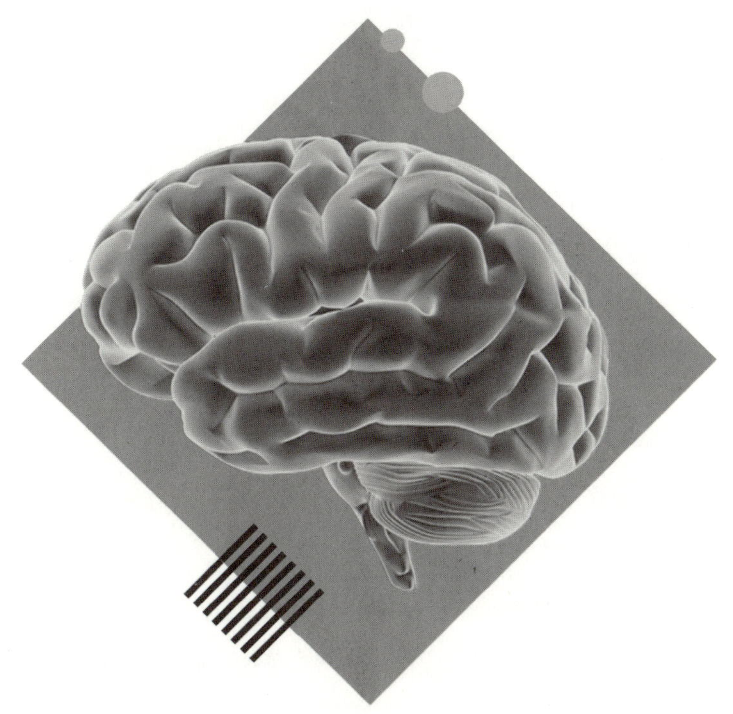

Chapter 2
AI與自媒體的未來

AI會否取代自媒體創作者？

AI令一部份人感到害怕，因為它一開始已經能夠自動生成文章、圖像、影片，甚至音樂，誰知道未來還能做甚麼？讓許多人開始擔心，創作者是否會逐漸被取代？然而，當我們深入探討AI的運作方式，就會發現，AI雖然能夠產出大量內容，但它缺乏真正的創造力與情感。

AI主要依賴大量數據進行訓練，它可以模仿、組合甚至優化內容，但它的創作仍然是基於現有資料，而非憑空創造。因此，AI目前更適合作為輔助工具，而非完全取代創作者的角色。它能提升效率、減少重複性工作，但對於需要獨特風格、個人經驗與創意發想的內容，仍然是人類的強項。

在AI充斥的時代，創作者的價值在哪裡？

當AI大量生產內容時，真正有價值的創作不再是單純的產出，而是「如何建立個人品牌」與「如何讓內容與觀眾產生共鳴」。AI雖然擅長處理數據、生成內容，但它缺乏真正的獨立思考、創意聯想和情感深度，因此人類創作者的價值不是被削弱，而是變得更加重要，內容的創作價值要求愈來愈高，更能區分創作質素的高低。創作者的價值將體現在以下幾個方面，這些都是AI難以取代的關鍵點。

1. 獨特性與個人風格：AI雖然能模仿不同風格，但它無法擁有個人的經歷、觀點與獨特的表達方式。擁有鮮明個人特色的創作者，反而能在AI內容泛濫的時代脫穎而出。

2. 故事與情感共鳴：優秀的創作不只是資訊的傳遞，更重要的是如何引起共鳴與情感連結。觀眾更傾向於關注能夠觸動人心、有故事性的內容，而這正是AI無法真正做到的。

3. 批判性思維與原創觀點：AI可以整理資訊，但它無法真正理解事物的深層邏輯，或者對社會、文化、哲學問題提出獨特見解。因此，創作者的價值在於提供深入的分析與觀點，而不只是單純的內容生產。

4. 品牌經營與社群互動：創作者不只是產出內容，更需要經營個人品牌，與粉絲建立長期關係。觀眾追隨的不只是內容，而是創作者本身的價值觀、個性與互動方式。

AI與人類如何形成合作關係，共同創作更具影響力的內容？

既然AI不會完全取代創作者，那麼如何與AI合作，讓創作更具影響力呢？

1. 利用AI進行智能化內容管理：AI不僅能幫助創作者快速生成草稿，還可以透過數據分析來推薦內容方向，甚至自動整理過往創作的資料，幫助創作者進行內容復用與優化。例如，一位Blogger可以透過AI來分析哪些文章最受歡迎，然後產生更具針對性的內容。

2. AI協助內容個人化與互動：除了生產內容，AI也能讓內容變得更加個人化。例如，透過AI驅動的推薦系統，創作者可以針對不同的受眾客製化內容，提高觀眾的參與度和忠誠度。AI甚至能夠分析讀者的閱讀行為，讓創作者根據受眾需求進行調整。

3. 人機協作的創新模式：現在許多創作者已經開始採用AI來輔助創作過程。例如，小說家可以使用AI來建立角色背景資料，音樂製作人可以讓AI協助創建旋律草稿，再由自己進行微調。這種人機協作的方式，讓創作更加高效且具個人特色。

4. 確保創作的真實性與可信度：在AI內容氾濫的時代，創作者應該更加注重內容的真實性和專業度。透過AI進行事實查核與資訊比對，可以確保內容的準確性，並避免誤導觀眾。例如，記者可以利用AI來快速篩選資訊來源，確保報導內容的真實性。

5. 創作者如何與AI共同成長：與其擔心AI取代創作者，不如思考如何讓AI成為創作的一部分。未來的成功創作者，將會是那些懂得如何與AI配合，並善用其優勢來強化自己的品牌與內容價值的人。

6. 避免AI過度依賴，保持人性溫度：AI生成的內容可能缺乏真實性與情感，因此創作者應該在使用AI之餘，確保內容仍然具有個人風格與深度。這意味著AI應該是「創作助力」，而非「內容取代者」。

AI讓自媒體更強，而非淘汰創作者

AI的出現改變了自媒體的生態，但它並不是自媒體的替代經營者，而是一種強大的助力。在AI的時代，真正能夠成功的自媒體創作者，將是那些懂得運用AI來提升內容產出效率、強化個人品牌定位、並與受眾建立深厚連結的人。

換句話說，AI不會取代自媒體經營者，但不懂得如何善用AI的人，可能會被更懂AI的自媒體競爭者超越。未來的內容生態，不是人類與AI的對抗，而是AI幫助自媒體突破創作與經營的限制，讓創作者更聚焦於策略與價值輸出。

所以，與其擔心AI會使內容市場過度飽和，不如開始學習如何運用AI，讓自己的自媒體在這場變革中脫穎而出，成為真正具影響力的個人品牌。

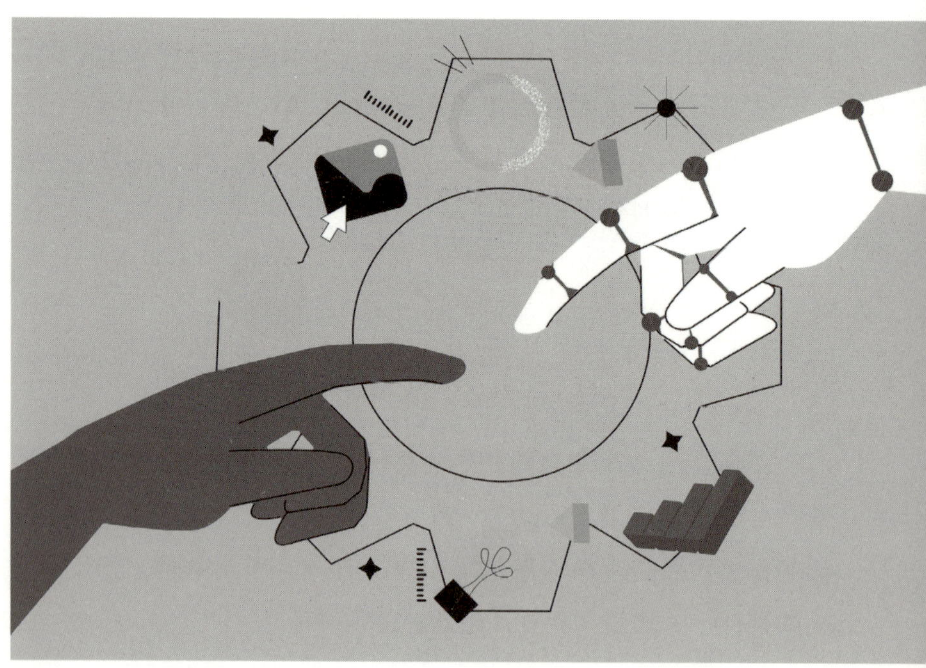

Chapter 3 為什麼AI是自媒體創作者的秘密武器

在自媒體創作這條路上，我常常覺得有被困的感覺。很想做創作，很享受做創作，但當決定把創作變成工作一部份時，不多不少也會有「趕Deadline，沒靈感，不知從何做起」的感覺。雙眉緊鎖地對著電腦發愁。一開始經營自媒體時，我每天白天打點自己的製作公司，做客戶要求製作的廣告影片、宣傳計劃，晚上和週末擠出時間準備YouTube的文稿、拍攝、剪影片、寫文章、經營粉絲群等，彷彿每天都在和時間賽跑。

長期的時間管理困難讓我疲憊不堪：白天腦子想著未完成的稿子，深夜還在修改內容，睡眠嚴重不足。更糟的是，有時靈感枯竭，明明知道定期更新很重要，卻苦思冥想也想不出好的題材，內容產出難以穩定下去。久而久之，頻繁熬夜和靈感瓶頸讓創作變成一種壓力，我開始懷疑自己的能力，創作心態大受影響。看著流量起起落落，變現收入遲遲不見起色，

甚至一度懷疑這是否值得堅持，內心掙扎著要不要乾脆放棄呢。

AI如何幫助解決這些問題

幸運的是，在最低潮的時候，我發現了一個讓創作重燃熱情的秘密武器：AI人工智能工具。起初我也擔心AI會不會讓內容變得不夠個人、千篇一律，但後來發現，如果善加利用，AI完全可以成為創作者的得力助手，幫我解決創作中遇到的種種難題。

時間管理：AI提高效率，解放更多創作時間

過去我花大量時間在剪接上字幕、替廣告文案做presentation point排版、資料搜尋、公司Admin工作等重複性工作上，真正用於創意的時間所剩無幾。引入AI後，我的大部分繁瑣任務都有了半自動化解決方案。例如，我會利用AI工具自動生成影片字幕、一鍵套用合適的版型，讓後製流程加快不少。還有一些內容校對與排程工具，能幫我自動檢查文章錯字，或在我設定的時間自動發佈貼文。這些AI的自動化功能等於替我分擔了助手的工作，讓我能把更多精力放在創意和策略上。以前一條影片可能要剪輯好幾小時，每次拍攝都要化粧、專業器材/錄音設備設定等，現在藉助AI幫忙優化畫面、幫我化粧、優化音訊，現在15分鐘至1小時就能完成剪接一條影片。總體而言，AI大幅提高了我的創作效率，也讓我終於可以稍微平衡創作與生活，晚上不必再熬夜到四點剪片，週末也能騰出時間休息或陪家人。

靈感來源：AI激發無限點子

靈感枯竭曾是壓垮我創作熱情的最大威脅，但AI幫我找回了腦中那盞熄滅的燈。現在當我苦思新題材時，會求助於像ChatGPT/Deepseek這類型的AI腦力激盪助手。我經營的是科技相關影片頻道，在靈感不足時，我會請AI幫忙列出「十個最近最多人感興趣的AI工具」，或甚至模擬讀者提問，讓我發掘他們關心的議題。這種AI產生內容點子的方式常常給我驚喜，提出一些我沒想過的題材、觀點及方向。當然，AI給的點子不一定全部可行，但它擔任了很棒的軍師夥伴，幫助我快速擬定主題方向，快速開始實行。另外，AI也協助我規劃內容日曆：根據熱門話題和節日，建議我何時發佈什麼內容以吸引最多關注。有了AI的協助，我再也不怕面對空白的提案清單，創作靈感源源不絕，更新頻率也穩定了許多。

簡化流程：自媒體不再累人

此外，經營自媒體最大的痛點之一，就是內容製作的流程通常複雜而繁瑣，需要投入大量精力在前期準備（如資料搜集、構思主題、內容策劃）、影片製作（拍攝、剪輯、字幕轉寫）、視覺設計（排版、縮圖設計）以及社群互動與管理等各項細節上。回想起自己剛開始經營自媒體的時候，每製作一支影片都彷彿進行一場漫長的馬拉松，一支約十分鐘的影片從前期準備、拍攝到後期剪輯和字幕製作，往往要花上六小時甚至數天的時間，才能完成並上架，每個環節都消耗不少時間和精神，有時甚至會因為流程過於複雜而失去耐性和動力。

然而，自從開始嘗試並深入使用AI工具後，我的整個創作流程產生了革命性的轉變，每一個工序都大減所需時間。向大家分享一個經驗。2024年的12月，OpenAI（開發ChatGPT的公司）一連十二日每日做一個更新，他們用直播的方式每日宣佈，而直播時間為香港凌晨時份，每天為時一小時左右。作為經營科技相關內容的自媒體創作者，及時於我的頻道向觀眾報告OpenAI的更新，是我保持專業性與競爭力的重要關鍵。但確實一連十二日每天凌晨一小時專心觀看無字幕的英文資訊影片真的有點吃力，我還有白天的工作需要處理呢。

當時我用ChatGPT幫忙，我讓它看完這些影片，替我寫下重點及幫我寫這幾天更新的講稿，如可試立即試用的，自己再花時間去試，再由虛擬的自己用影片幫我完成影片，完完全全幫我省下超級多的資料搜集及講稿撰寫的時間，就好像多了一個萬能的團隊成員。AI字幕處理對我來說更是恩物，過去需要花數小時甚至一整天處理的影片字幕，現在透過AI工具，幾分鐘內即可自動生成並初步校正完成。更棒的是，以前在製作縮圖和封面時，我常因為不想花太多時間在縮圖上而放棄美感，但現在只需給AI提供一些基本的描述，它就能快速地產出多個視覺效果優秀且具吸引力的方案，讓我輕鬆從中挑選。

除此之外，我也將AI應用於內容發布的排程和社群互動管理上。過去我需要記住每個平台的最佳發佈時段，手動逐一進行發布，而現在AI幫我自動化這一流程。我只需要事前設定好內容，AI就會在最佳時段準時「上班」。舉例來說，有一次我根據AI的數據建議調整了貼文的發布時間，結果那則貼文的互動率提高了超過30%，點讚和留言數量都明顯比平常更高，這也讓我對AI的運用更加有信心。同時，AI工具也可以自動追蹤與分析每一篇貼文的成效，並即時反饋給我哪些內容特別受歡迎，幫我快速掌握觀眾喜好並調整內容方向。

此外，AI的應用也不僅限於單一形式的內容創作上，它更能協助跨平台的內容管理，讓自媒體人更加有效率地在不同平台之間進行內容分發。以我自身來說，AI令我本來需要六小時才能製作完成上架的影片，現在只需花我約一小時。製作時間大減的同時，由於我能更專注於內容的細緻度、演繹及創意調整，最終影片的整體質素反而比過去純人手製作時更高了，這個結果真的很令人滿意。

SEO與流量經營：AI優化內容觸及率

除了內容產出，如何讓作品被更多目標受眾看到也是一大挑戰。我過去對社群平台和搜尋引擎的演算法變化感到頭疼，而現在AI成了我的行銷小幫手。首先，在搜尋優化（SEO）方面，我會利用AI工具來分析關鍵字和趨勢。以前幫我的廣告客戶寫文章時，我需要在幾個程式及網站中處理再作人手比較，才能完整地完成我的hashtag列表，有時還可能忽略一些熱門搜尋用語，現在透過AI，我可以快速獲知哪些關鍵詞能提高影片在YouTube上的能見度，甚至獲得自動生成的標題和摘要建議。

發佈前，我常讓AI幫忙審視內容的結構和用詞，確保文章對演算法友善（例如段落清晰、包含相關關鍵詞）。在社群平台上，我也運用AI來優化貼文：選擇合適的主題標籤（Hashtags）、在不同平台調整貼文的長度和風格，甚至根據歷史數據找出最佳發佈時間。這些優化舉措帶來的好處立竿見影——內容觸及率明顯提升，之前石沉大海的帖子現在常常能獲得不錯的曝光和互動。我深深體會到，善用AI了解演算法偏好就像找到了攻略流量的金鑰，讓優質內容不再埋沒。

變現策略：AI揭示商業機會，提高收益

自媒體變現一直是讓人頭痛的課題：有流量之後，如何將關注轉化為收入？為此，AI同樣給了我不少幫助。我開始使用一些AI工具，深入研究我的受眾和內容表現。透過AI的數據分析，我可以更清晰地了解哪類內容最受歡迎、觀眾的觀看時長和互動情況如何，從而調整我的內容策略。更棒的是，AI甚至會根據受眾特徵幫我推薦潛在的變現模式：例如提醒我某條影片的忠實觀眾比例很高，適合考慮推出會員訂閱服務；或者指出某系列文章的點擊率特別好，吸引了特定產業的讀者，我可以嘗試接洽相關品牌尋求贊助合作。有些AI工具還能掃描市場行情，提供商品定價或課程主題的建議，讓我在推出線上課程或周邊商品時更有信心定價，避免盲目摸索。

此外，AI也協助自媒體創作者自動媒合廣告，比如根據我的內容類型和受眾資料，匹配適合的廣告商或聯盟行銷產品，省去我自己找資源的時間。總之，AI幫我把繁雜的數據變現分析變得簡單明瞭，不僅找出最適合的商業模式，也逐步提高了我的整體收益，讓興趣真正有機會轉化為可持續的事業。

專業分析與數據支持

我的親身經歷並非個例，事實上越來越多自媒體創作者開始倚重AI來提升創作表現。資料顯示AI正在重塑自媒體行業：2023年美國一項針對全球影音創作者的調查發現，將近三分之二的創作者已經導入生成式AI協助內容製作，且超過四分之三的創作者表示未來很可能繼續使用這類AI工具。更有超過一半的受訪創作者認為，AI工具讓他們產出的內容品質更高、更有創意，同時也節省了不少時間。這些數據印證了AI在創作流程中帶來的實際效益：節省時間、提高內容質量與激發創意，正是我們這些創作者最渴望解決的痛點。

不僅內容創作本身，AI也深刻影響著自媒體內容的傳播與觸及。如今各大內容平台的演算法幾乎都由AI技術驅動。例如YouTube上觀眾看到的推薦影片，背後就是複雜的AI模型在根據用戶行為和影片特徵做計算。據報導，YouTube的推薦演算法決定了用戶約70%的觀看內容，而在美國有近80%的觀眾會跟著演算法的建議走。簡而言之，你的影片是否會出現在觀眾首頁，極大程度取決於這套AI系統對內容的判斷。

同樣地，抖音及小紅書的爆紅秘訣也在於強大的AI推薦。它們的演算法會分析超過1000項用戶行為訊號，包括觀看時長、按讚、分享、留言等來為每個人打造專屬的內容feed。其中用戶互動率和完播率（觀看時長）是演算法特別重視的指標——影片互動越高、完播率越長，後續獲得推薦曝光的機會就越大。對自媒體創作者而言，理解這些演算法邏輯非常重要。我們在創作時若能善用AI提供的數據分析，找出提高觀看完畢率的方法、鼓勵觀眾互動，內容更容易迎合演算法偏好，被推送給更多潛在粉絲。

除了個人創作者紛紛擁抱AI，自媒體領域的商業玩家和行銷團隊也早已開始大舉運用AI來提升表現。根據2025年的調查，將近四分之三的行銷團隊已經在工作中使用生成式AI，且97%的行銷人員認為AI能讓他們達成大規模的內容個人化。內容個人化正是自媒體經營的關鍵——粉絲總是對貼近自身需求的內容反應最佳，而AI可以幫助我們快速分析大量用戶數據，實現「一對多」但又精準的個性化溝通。

在提升流量方面，AI也展現出強大威力。Semrush發佈的2024年報告顯示，有65%的行銷從業者透過AI改善了SEO的成效，其中22%表示他們的搜尋排名有明顯提升，43%認為有中度的改善。這說明透過AI來優化關鍵字和內容結構，確實能換來更高的搜尋能見度，帶來更多自然流量。對我們創作者而言，這些數據無疑增強了信心：合理地運用AI技術，粉絲觸及和流量變現都可以更加水到渠成。

談到成功案例，許多企業也將AI視為內容創作與行銷的未來趨勢，甚至投入資源研發專屬的AI平台。例如飲料巨頭可口可樂最近就推出了一個名為「Create Real Magic」的創意AI平台。這個平台結合了OpenAI的GPT-4模型和圖像生成模型DALL-E，讓粉絲可以根據可口可樂提供的品牌素材（經典瓶身、Logo等）來生成屬於他們自己的數位藝術作品。活動期間，可口可樂鼓勵消費者上傳他們透過AI創作的作品，優秀的作品還有機會登上紐約時代廣場的可口可樂大型電子看板，成為現實中的廣告。一向強調創意行銷的可口可樂藉此成功打造話題，讓年輕世代與品牌產生了新的互動。

同時，可口可樂的全球行銷長也表示，他們看到了AI在各種行銷應用上的巨大潛力，包括內容創作與快速迭代、行銷訊息的超個人化，以及與消費者之間的雙向互動等等。這樣的成功案例證明了AI並非只是科技圈的流行詞，而是真正能為內容創作者和行銷人員帶來創新可能性的工具。無論是個人經營自媒體，還是企業打造品牌自媒體，都應該善用這把利器，為自己的內容注入更多魔力和效率。

結論：讓AI成為你的創意拍檔

經歷了從懷疑到受益的過程，我愈發堅信：AI是輔助創意的神器，而非取代創意的機器。它就像一個不知疲倦的創作拍檔，隨時待命提供協助，但掌舵的永遠是具有獨特想法的我們自己。在享受AI提升效率、帶來靈感的同時，我們更需要保持個人風格與人性溫度。畢竟，吸引觀眾的除了套路和數據，還有人與人之間的共鳴與真誠。每當AI產出一段文字或建議一個點子時，我都會融入自己的觀點進行調整，確保最終作品帶有我的聲音。久而久之，我找到了人機協作的最佳平衡：將機器擅長的部分交給AI，而將最具創意和情感的部分掌握在自己手中。

總而言之，AI能夠成為自媒體創作者的秘密武器，其威力不僅在於提高效率、激發靈感、優化流量和變現，更在於幫助我們突破創作瓶頸，重拾創作的樂趣與初心。讓AI為我們所用，我們就有更多餘裕去嘗試新點子、打造更有深度的內容，並與觀眾建立更緊密的聯繫。在這個瞬息萬變的自媒體時代，擁抱AI帶來的可能性，持續學習和調整，才能讓我們始終站在創作的前沿。同時別忘了：你的獨特故事和觀點，依然是任何AI都無法取代的核心價值。當我們把個人創意與AI助力融合在一起，創作的天空就不再有極限——這也正是我稱AI為自媒體創作者「秘密武器」的原因。現在的我，每天都期待著和這位AI拍檔一起探索更多創作的可能。

Part 2
由零開始用 AI 計劃，
不要做盲頭烏蠅
AI

Chapter 4

打造你的AI自媒體策略

1. 你的AI真的幫到你嗎？

AI工具固然強大，但它並非萬能。我們需要學會善用AI，讓它成為我們的專業軍師，而不是完全依賴它當作內容生產機器。許多創作者初期接觸AI時，往往期待它能自動生成所有內容，結果發現產出品質不如預期：文章缺乏個人風格、某些資訊不夠精準，甚至出現不符合受眾胃口的內容。這是因為如果我們把AI當成「內容工廠」，它只會給出機械式的答案；但如果把它視為輔助決策的軍師，我們才能發揮它最大的價值。

我在初期使用寫作型AI工具時也遇到了不少挑戰。例如，剛開始我嘗試讓ChatGPT幫忙撰寫整篇文章，結果生成的內容讀起來像機器說話，缺乏我個人說故事的風格。後來我意識到問題不在AI，而在於使用方法，我永遠都會向我學生說笑說：「它做不到你的要求時，永遠都是你的問題」當然這句說話不一定是100%事實，也有可能是它根本沒有這功能，或者你選用的工具或模型沒有你所需要的智慧或專長，但只要保持著這個方向去想，你便會懂得思考如何告訴它你的需要，如何令它了解明白你希望它怎樣協助你。俗語有一句說話：「我不是你肚入面條蟲」，意思是指別人無法輕易地完全理解你的想法與需求。你要它成為你肚內的蟲，你更需要好好地教導它，好好地跟它相處，令它更了解你。了解到這一點後，我開始調整對AI的期望，把它當成坐在我身旁和我一起拋點子、Brainstorming和提供建議的夥伴。例如，在寫劇本時，我先告訴AI我的故事內容，那怕只是零碎的片段或方向，我也會一五一十地告訴它。然後請AI提供基本符合框架的大綱和重點，再由我親自擴充那些重點，加入自身經驗與觀點，最緊要是，你需要清楚地告訴它你的想法，一來一回地我又加一些意見，它又建議我怎樣再寫好一點，合力完成這個劇本。

經過這樣的調整，你只會發覺它會越用越變成「你肚內的蟲」，和它的磨合會越來越快，寫出我滿意的內容一次比一次快，而AI逐漸成為我的得力助手：它提供靈感火花和資料參考，我則負責最終決策和風格潤飾。總而言之，AI可以真正幫到你，但前提是我們懂得以正確的方式運用它、引導它，讓人機合作產生最大的效益。

2. AI工具選擇：最得力助手——大型語言模型

大型語言模型（Large Language Models, LLM）是一種透過大量文本數據訓練出來的人工智慧模型，能理解並生成自然語言，適合協助我們撰寫文章、發掘內容靈感，甚至協助市場分析。

目前主流的大型語言模型包括ChatGPT、DeepSeek、Co-Pilot、Claude和Gemini。這些模型雖然都屬於LLM，但各自特點和適合的用家類型都有所不同。

- DeepSeek R1：以理解中文語境的能力突出，尤其適合華語圈用戶。它的用字遣詞更貼近內地文化背景，推薦給內地中文內容創作者，特別是從事小紅書、抖音等社群行銷、品牌內容製作或文字溝通頻繁的自媒體人。

- Co-Pilot：主要針對程式編寫的輔助工具，它不僅能生成程式碼，還能幫助你寫出技術相關的解說與教學文檔，適合經營科技、編程教學或軟體開發相關內容的創作者。

- Claude Sonnet：主打協作式創作，擅長生成更細膩的內容。它在互動過程中能夠即時且靈活地根據使用者提供的反饋快速調整內容，例如當你指出某一段文字語氣太正式或細節不夠詳盡時，Claude能迅速重新生成更貼近你期待的內容。因此，Claude特別適合那些偏好頻繁互動、注重細節、並期望快速微調以達到精準效果的創作者或專業人士。

- Google Gemini：是Google推出的LLM，結合了文字與視覺理解能力，適合那些需要結合圖文創作的自媒體經營者，比如經營設計類、旅遊攻略或需要大量圖片素材分析的內容創作者。例如，你可以透過Gemini快速分析旅遊照片，提取景點的重點資訊，然後自動生成貼合圖片的文字說明，幫助你輕鬆製作出吸引人的圖文攻略，節省大量時間和精力。

以上是我測試用各款大型語言模型（LLM）後得出的個人觀感，我不認為我能這樣一概而論，加上模型發展及競爭非常激烈，可能一星期後各公司的新模型出現後，又是另一番景況，所以我比較建議大家也親自試一試。選擇適合自己的LLM時，你應考慮自己創作的內容主題、受眾語言、創作習慣和預算等因素。你可以先試用不同的工具，透過具體的創作任務測試它們的效果，再決定哪一款工具最能滿足你的需求與風格。又或是好像我這樣，試用後，在不同的用途上轉用不同的工具，更易做到貼近自己想要的效果。

選對工具，善用AI，就能事半功倍地推動你的自媒體發展。

3. AI工具運用：讓AI更了解你的需求

大型語言模型（LLM）如ChatGPT、DeepSeek等，非常擅長生成各種文字內容，但要讓它們產出貼合你需求且個人化的建議，關鍵在於如何對話和設定。也就是說，你和AI互動的方式會直接影響結果。如果只丟出籠統的問題，AI給的回答也會很籠統；反之，透過細緻的溝通和參數調整，我們可以大幅提升AI回應的準確度。換句話說，與其把AI視為問答機，不如把它當成可以訓練的助手——對它傾訴你的目標、風格偏好，讓它更了解你的需求。

要達成這點，可以從善用提示詞（prompt）開始。在提問時提供充分的背景資訊和期望。例如，相較於問「我該拍什麼影片？」這樣的模糊問題，不如詳細說明：「我是經營美食頻道的創作者，觀眾喜歡家常菜食譜風格的影片。你能推薦一些適合我頻道的下週影片主題嗎？」這樣AI更容易給出符合你定位的建議。此外，你也可以在對話中設定AI的角色或語氣，比如告訴ChatGPT：「請以輕鬆幽默的口吻提供建議，好像你是我的好友一樣。」這些設定都能引導AI往你想要的方向調整回答。

實際步驟：讓AI更了解你的需求並產生貼近你風格的內容：

1. 提供明確的角色定位：

一開始就告訴AI它現在的角色，例如：「你是一位擁有10年自媒體經驗的顧問，專門為創作者提供內容建議。」這能讓AI有所依據，回答更具針對性。

2. 說明背景和目標：

在提問時交代清楚你的情境，例如：「我經營一個旅遊部落格，主要讀者是年輕上班族，想尋找週末短途旅行的靈感。」讓AI瞭解你的受眾和目的，它才能量身定做回覆

3. 指定語氣和風格：

如果你希望回答有特定風格，就直接說明。「請用輕鬆對話的語氣回答」，或「以專業但易懂的方式解釋……」。你甚至可以提供範例句子，讓AI模仿你的寫作風格。

4. 循序調整與追問：

獲得AI的初步回答後，不妨檢視哪裡需要改進。如果內容不夠精準，繼續追問細節；如果語氣不對，提醒AI調整風格。透過多輪對話反覆優化，最終你會得到更滿意的答覆。

5. 善用自定義指令：

某些LLM如ChatGPT提供「預設指令」功能，可以設定AI對你的長期偏好，它同時亦有記憶機制，可令它越來越了解你，不

用每一次做同類型工作時都花大量時間重新調教，減少你重複設定的麻煩。我個人特別喜歡這個特點，特別是我本來就是一個不太有耐性，很討厭「助手」要我「講完又講」（苦笑），所以一個LLM的記憶能力對我來說是我最看重的特徵。

透過上述方法，你等於是花點時間「訓練」你的AI助手。當你細心雕琢提示詞，ChatGPT也會逐漸學習並給出更合適的內容建議。例如，如果你只輸入「給我一些關於提升影片點擊率的建議」，結果AI提供了泛泛而談的回答。

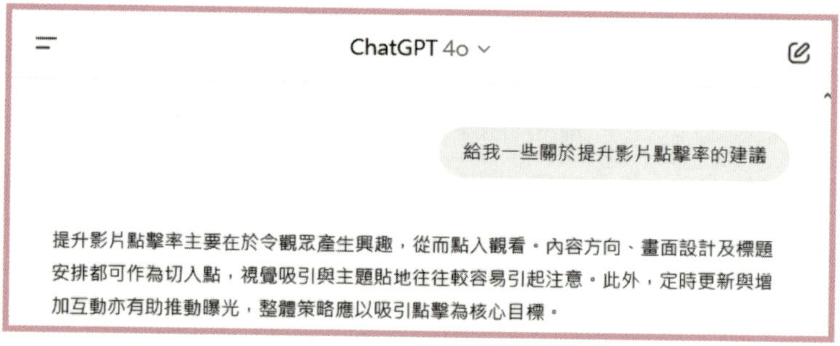

ChatGPT 4o

給我一些關於提升影片點擊率的建議

提升影片點擊率主要在於令觀眾產生興趣，從而點入觀看。內容方向、畫面設計及標題安排都可作為切入點，視覺吸引與主題貼地往往較容易引起注意。此外，定時更新與增加互動亦有助推動曝光，整體策略應以吸引點擊為核心目標。

於是你可以改用更具體的提示：「我是一個旅遊YouTuber，平均觀看次數下滑了。幫我在網上搜尋一下最新的相關Tranding，請從影片主題、縮圖設計和標題優化三方面，給出提升點擊率的建議。」同時也可以讓它看看你現時的影片主題、縮圖設計及標題，讓它知道你現在怎樣做，再作出更好的比較。

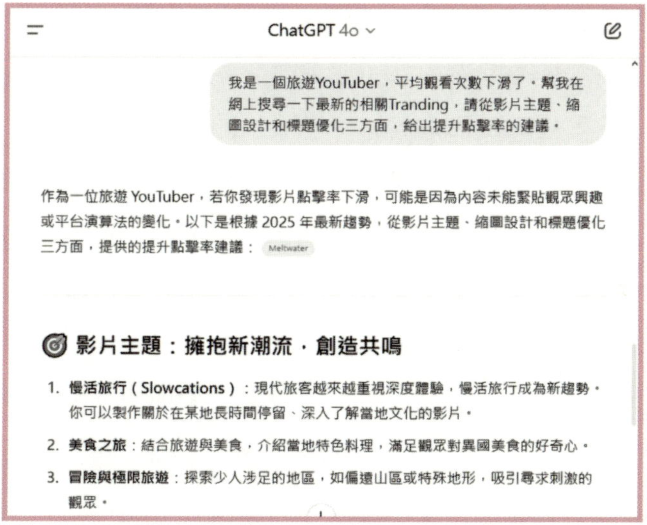

ChatGPT 4o

我是一個旅遊YouTuber，平均觀看次數下滑了。幫我在網上搜尋一下最新的相關Tranding，請從影片主題、縮圖設計和標題優化三方面，給出提升點擊率的建議。

作為一位旅遊 YouTuber，若你發現影片點擊率下滑，可能是因為內容未能緊貼觀眾興趣或平台演算法的變化。以下是根據 2025 年最新趨勢，從影片主題、縮圖設計和標題優化三方面，提供的提升點擊率建議： Meltwater

影片主題：擁抱新潮流，創造共鳴

1. **慢活旅行（Slowcations）**：現代旅客越來越重視深度體驗，慢活旅行成為新趨勢。你可以製作關於在某地長時間停留、深入了解當地文化的影片。
2. **美食之旅**：結合旅遊與美食，介紹當地特色料理，滿足觀眾對異國美食的好奇心。
3. **冒險與極限旅遊**：探索少人涉足的地區，如偏遠山區或特殊地形，吸引尋求刺激的觀眾。

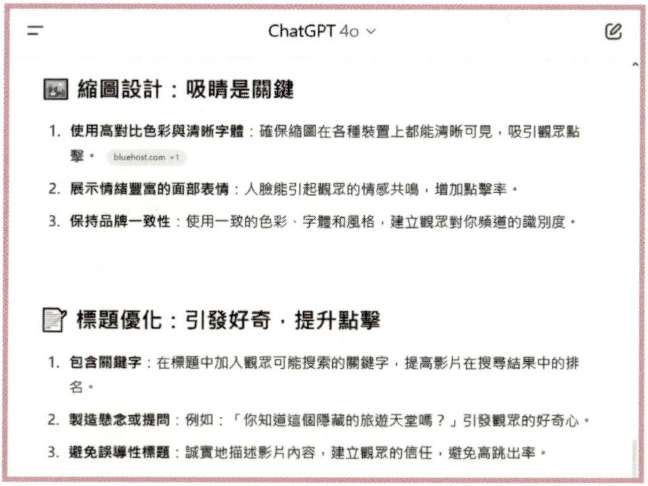

ChatGPT 4o

縮圖設計：吸睛是關鍵

1. **使用高對比色彩與清晰字體**：確保縮圖在各種裝置上都能清晰可見，吸引觀眾點擊。 bluehost.com +1
2. **展示情緒豐富的面部表情**：人臉能引起觀眾的情感共鳴，增加點擊率。
3. **保持品牌一致性**：使用一致的色彩、字體和風格，建立觀眾對你頻道的識別度。

標題優化：引發好奇，提升點擊

1. **包含關鍵字**：在標題中加入觀眾可能搜索的關鍵字，提高影片在搜尋結果中的排名。
2. **製造懸念或提問**：例如：「你知道這個隱藏的旅遊天堂嗎？」引發觀眾的好奇心。
3. **避免誤導性標題**：誠實地描述影片內容，建立觀眾的信任，避免高跳出率。

經過這樣引導，ChatGPT的回覆變得有條理且切中要害，提供了分段詳細的建議。

4. 案例示範：採用尖端科技，效能卓越，全面提升使用體驗。如何調整AI設定，令它的意見講番人話

很多時候，AI自動生成的內容看起來不錯，但仔細一讀會發現有點「AI味」，不像人講的話。這時我們需要想辦法調整AI的設定和引導方式，讓它的建議更有人情味、讀起來更自然。簡單來說，就是教AI「講人話」。以下透過一個案例來說明如何一步步引導AI，讓它生成更具個人風格、流暢自然的內容。

場景假設：假設你讓AI協助寫一段產品介紹，它初次給你的內容或許很制式，例如：

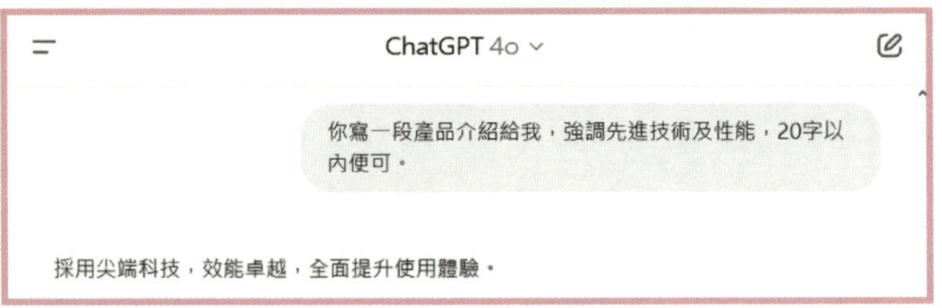

ChatGPT：**「採用尖端科技，效能卓越，全面提升使用體驗。」**

這個回答雖專業但生硬，缺乏溫度。為了讓文字聽起來像真人在說話，你可以這樣做：首先，明確告訴AI，你希望它的建議更口語化、貼近讀者。例如回答時加入：

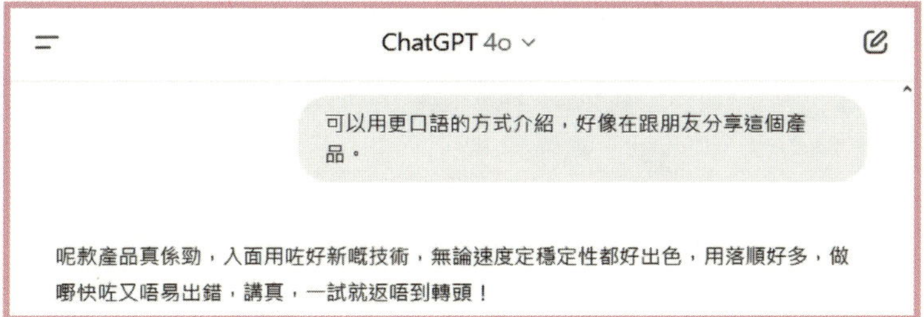

我：「可以用更口語的方式介紹，好像在跟朋友分享這個產品。」

接著，如果AI第二次的回覆仍有僵硬的句子，你可以進一步指出哪裡不自然，甚至親自舉例改寫一兩句，讓AI模仿你的修改風格。

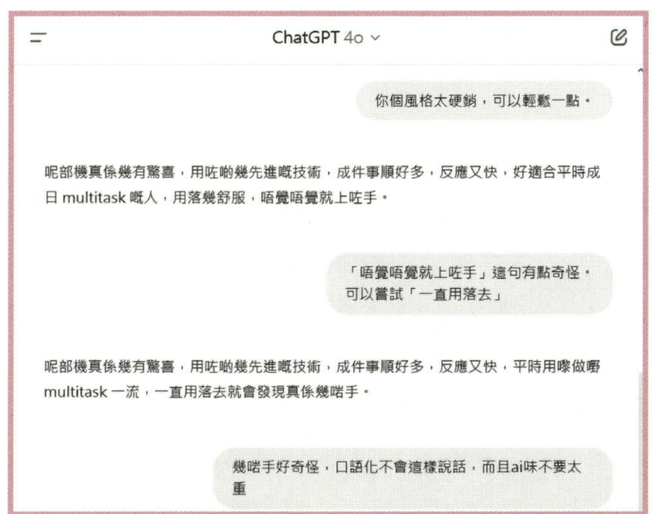

經過幾輪調整，AI會開始明白你想要的語調。簡單講，真的要當他是兒子/女兒般教導。

ChatGPT 4o

呢部機真係幾好用，用咗啲新技術，速度快又穩定，平時用嚟做嘢都順手，一直用落去會覺得幾方便，冇咁易出錯，成件事輕鬆晒。

這樣的文字是不是更像人講的話呢？

調整步驟 -

逐步引導AI調整語氣，讓機器建議更像真人意見：

a. 設定期望語氣：

在提出要求時就加入你想要的語氣說明。例如：「請用第一人稱觀點，像生活日記一樣描述……」或「口吻輕鬆幽默一點」。先從總體上給AI一個語氣方向。

b. 檢查初稿並指出問題：

拿到AI初步生成的內容後，通讀一遍，畫出那些讓你覺得「太機械」、「不自然」的句子。直接告訴AI：「某某句子有點生硬，可否更口語化？」這樣AI會針對性地修改。

c. 提供範例修改，舉例並示範：

如果AI一時抓不到你的意思，你可以親自改寫一小段，示範你認為自然的表達方式。然後讓AI參照你的改寫繼續完善剩下的內容。

d. 要求加入個人風格元素：

為了更有個人特色，你可以請AI加入一些屬於你的習慣用語、幽默感或小故事。例如：「在建議中穿插我個人的經驗或小笑話，讓內容更生動。」最好你自己也讓AI認識一下你的習慣用語是甚麼，小故事我也建議是你真實的個人故事（瞎說不好哦～）。

e. 反覆微調：

不要害怕與AI多對話幾次。每次微調一兩個重點，例如這次專注修飾語氣，下次再調整段落銜接。幾輪下來，內容就會越來越貼近真人風格。

在這個過程中，你等於是手把手在教導AI調整寫作方式。就像訓練新員工一樣，一開始需要密切指導，但漸漸地它（AI）就能抓住你的喜好。我曾經有篇文章開頭，原本AI給的版本非常正式又無聊。我按照上述步驟，先要求它口語化，再提供自己寫的開頭段落作範例。結果AI不僅學會用較輕鬆的語氣改寫開頭，後續段落也自動帶入了類似的風格，讀來就像我親自寫的一樣自然。經過這樣的調整，AI的意見終於「講人話」，既保留了專業性，又融入了我個人的風格特色。

5. 內容方向：如何透過AI找出最佳的 Niche（利基市場）

在自媒體創作的世界裡，找到適合自己的利基市場（Niche）至關重要。Niche指的是細分領域或特定主題，選對了可以讓你的內容更容易脫穎而出。AI可以成為你在這方面的得力助手，幫助你進行市場分析，找出最具潛力的主題方向，確保你的內容與市場需求吻合。透過AI，我們可以更快速地掃描大量資訊並理清思路，避免像無頭蒼蠅一樣盲目創作。

我自己就是這樣找到頻道的獨特定位的。十五年前我開始YouTube的時候，從來沒有想過YouTube可以成為我的收入一部份，反而只把它看成其中一個分享生活紀錄生活的渠道，所以起初我做的內容涉獵範圍很廣，非常隨心，也沒有計劃。直到2023年，AI令我開始在YouTube重點分享多了自己在科技這方面的喜好，令我在這一面也介紹給觀眾。

一開始，沒有太大的效果，有些主題競爭太激烈，有些則觀眾興趣缺缺。後來我請AI協助分析，發現「AI工具在自媒體上的應用」這一利基市場潛力巨大——當時相關的中文（特別是廣東話）內容不多，但許多創作者對此有興趣卻不知從何開始。確定這個方向後，我的頻道主題就更聚焦，內容也更有針對性。事實證明，選對Niche能讓你的自媒體事業事半功倍，而AI則是幫你做出明智選擇的神隊友。

操作步驟：

利用AI發掘利基市場的實際操作：

1. 廣泛brainstorming：

首先，請AI列出與你興趣或專業相關的各種子主題。例如：「我對時尚和環保有興趣，請列出結合這兩者的可能自媒體主題。」AI或許會產生一系列點子，從環保時尚穿搭、二手服裝改造，到永續時尚趨勢分析等。

2. 評估熱度與競爭：

接下來，針對其中幾個有興趣的主題，詢問AI它們的市場熱度與競爭程度。例如：「在環保時尚這主題上，現在網路上的內容多不多？觀眾反應如何？」記著確保你選用的AI工具具備即時搜尋功能（例如ChatGPT、Gemini等），再配合它的訓練知識提供大致評估，讓你瞭解哪些領域可能競爭者眾多，哪些相對利基。

3. 深入主題需求：

選定一兩個潛力主題後，讓AI協助分析這些主題下觀眾想知道的內容。例如：「喜歡環保時尚的人通常關心哪些問題？有哪些尚未被充分解答的話題？」AI可能會告訴你觀眾關心價格實惠的環保品牌、有趣的舊衣改造技巧等，這些就是你可以切入的內容方向。

4. 結合數據佐證：

如果手頭上有一些數據（如關鍵字搜索量、社群討論熱度），可以提供給AI，請它協助判讀。例如：「根據這份關鍵字報告，'永續時尚'搜索量逐月上升，而'二手服飾DIY'內容偏少，這意味著什麼？」AI可以幫你解讀數據背後的意涵，確認哪些題材既有興趣度又缺乏內容供給。

5. 產生內容題目清單：

最後，請AI根據選定的利基，生成一個內容創作清單。例如：「針對環保時尚主題，幫我想10個可以拍成影片或寫成文章的創作主題或點子。」這樣你就會得到一系列具體題材，可以著手規劃未來的內容。

運用以上步驟，AI不僅幫助你縮小了主題範圍，還挖掘出許多切合市場需求的創作靈感。

6. 找出你的觀眾：AI如何分析受眾輪廓

了解觀眾是自媒體經營成功的關鍵之一。如果你知道你的受眾是誰、喜歡什麼、有哪些習慣，就能創作出更精準討好的內容。傳統上我們透過後台數據、問卷調查來描繪受眾輪廓，現在AI可以讓這個過程更加簡便且深入。AI擅長處理與分析大量資訊，因此我們可以運用AI工具來整理受眾資料、發現隱藏的模式，甚至分析競爭對手的粉絲輪廓，幫你找出你的目標觀眾並更了解他們。

操作步驟：

使用AI分析並定位你的潛在受眾：

a. 彙總現有數據：

先收集你目前掌握的受眾資訊來源，比如社群媒體後台提供的數據（年齡、性別、地區）、網站分析（瀏覽者興趣分類）、或訂閱者留言反饋。將這些資料重點整理，用文字描述出來。如你本身沒有這些數據，或你是一個新的內容創作者，沒有自己頻道的數據可提供，你也可請AI嘗試找出，或請它提議你在哪裡可以得到較精準及更新的數據。

b. 交給AI做分析：

把整理好的受眾資料提供給AI，你可以截圖（如有圖片分析功能的AI工具如ChatGPT、Gemini），也可以用文字交給它，請它協助找出特徵和趨勢。例如：「以下是我從我現時頻道的受眾資料，請根據數據，總結我的主要觀眾群並指出有趣的發現。」AI可能會回答類似：「你的觀眾主要是25-34歲的年輕人，對科技和創業話題感興趣，同時有相當比例喜歡在深夜瀏覽內容。」這樣的分析有助於你抓住受眾的共通點。

c. 建立觀眾人物誌（Persona）：

進一步請AI根據分析結果，替你虛擬出幾個觀眾「人物誌」。例如：「請以我的典型觀眾為原型，假設1-2個人物角色，描述他們的背景、興趣和在我頻道尋找什麼。」AI也許會生成一個角色：「小明，28歲軟體工程師，白天忙於工作，喜歡在通勤時看你的科技趨勢短片來獲取靈感。」透過這樣的人物刻畫，你可以直接創造多個貼近你觀眾層的人物，直接向他們提出問題或尋求意見，聆聽更貼近你需要的方向角度，更直觀地理解受眾。

d. 競爭對手受眾調查：

AI也能協助分析競爭對手的粉絲輪廓。如果你提供競爭對手的頻道簡介、熱門內容或粉絲留言給AI，詢問「從這些資訊看，這個頻道的觀眾有什麼特質？」AI可以推測出對方受眾的興趣點和屬性。藉此你可以比較彼此觀眾的異同，放大自己的優勢，或找出你尚未觸及的受眾族群。

e. 調整內容以貼近目標受眾：

拿到這些洞察後，最後一步是應用在內容策略上。比如，如果AI告訴你觀眾多半在深夜閱讀內容，你可以考慮在晚上發布文章或影片；或者發現你的核心受眾喜愛互動，你就可以在影片中增加Q&A環節或在文章末提出討論問題，讓AI的分析真正反映在創作決策中，你的內容將更精準地觸及並打動目標受眾。

透過AI的輔助，你對自己觀眾的輪廓將有更清晰的認識。

我過去覺得自己的觀眾很難觸摸很神秘，不確定哪些內容他們最喜歡，只可以不停試不停試。加上我之前一直執著於自己的電腦知識，不應說一些太簡單太基本的內容，往往向一個進階/專業/技術人員的方向設計我的影片內容，但往往這個做法，就算得到不錯的點擊率，永遠都只出現在個別的影片上。可能上一條片突然有20幾萬的觀看次數，下一條又會突然打回原形，回到一萬左右。

其後，我借助AI分析訂閱者留言和觀看數據後，我發現原來我最忠實的那批觀眾是剛起步的AI使用者，他們渴望學習如何利用AI推廣事業，他們大部份也沒有AI的基礎知識，甚至有些觀眾在電腦知識層面也是初哥，我便在想，甚麼樣的內容才是他們真正需要的內容？瞭解這一點後，我開始調整內容走向——多推出「快速上手」「重點摘錄」「工具介紹」「保姆級教學」這類方

向的影片，減少了高階專業級「拋書包」的內容，發布時間也選在工作日黃昏大家下班後，坐車回家時的時間。結果新內容的點擊率和互動率都有明顯提升。這證明瞭鎖定正確的目標觀眾並投其所好，有多麼重要，而AI幫了我們一大把。

7. AI幫你規劃內容策略與品牌定位

拿到了利基市場和受眾分析的資訊後，下一步就是規劃一套可行的內容策略，並確立清晰的品牌定位。內容策略決定了你會創作什麼、何時發佈，以及如何與觀眾互動；品牌定位則關乎你的頻道或個人形象在觀眾心中的印象。善用AI，我們可以更有效地制定這兩者，確保內容不僅能持續吸引目標受眾，還能讓他們對你的品牌產生黏著度。

1. 內容策略規劃：

AI可以協助你擬定內容發佈計畫和優化策略。比方說，你可以請AI協助產生一個月的內容日曆：「幫我規劃接下來4週的影片主題，每週發佈兩支影片，內容涵蓋教學和趨勢分享各一。」AI很可能會給出一個結構清晰的提案，如第一週發佈XX教學與YY趨勢解析，第二週發佈ZZ訪談與AA案例分享等等。有了這樣的藍本，你就能評估哪些主題符合你的方向，再做調整。在執行過程中，AI也能持續提供優化建議。例如，你可以針對某支表現不佳的影片請AI分析：「這支影片的平均觀看時長偏低，可能原因是什麼？我該如何改善？」AI可能指出開頭缺乏亮點、影片長度過長或敘事節奏問題，並建議你下次如何改進，藉此提升觀眾留存率。透過這種數據導向的優化迴圈，你的內容策略將不斷精進，更貼近觀眾喜好。

2. 品牌定位強化：

除了內容排程，AI也能幫助你思考品牌定位，使你的頻道形象更加鮮明獨特。例如，你可以和AI討論：「我想打造一種‘親切大姐姐’的頻道形象，提供專業知識但風格輕鬆，這樣的定位如何讓我從競爭者中脫穎而出？」AI可能會建議你強調樂於助人、平易近人的特質，並分析競爭者是否多採取嚴肅專業風，藉此凸顯你的差異點。你也可以請AI幫忙檢視你現有的頻道簡介、個人簡介文案，看是否充分體現了你的品牌個性。如果不夠明確，AI可以提供修改建議，例如加入能代表你風格的關鍵詞或一句響亮的標語。透過這種方式，你的品牌定位會更聚焦，觀眾也更容易記住你「是誰」。

我曾透過AI的協助，大幅提升內容策略的效益。起初我的影片更新頻率和主題安排有些雜亂，觀眾留存率一直上不去。於是我將幾條影片的數據（包括點擊率、平均觀看時長、觀眾反饋）提供給ChatGPT，請它分析問題並提出解決方案。AI發現觀眾在影片開頭的流失率特別高，建議我在未來影片一開始先亮出重點結論或吸引眼球的畫面，以抓住注意力。同時，它也建議我統一影片長度8至20分鐘內，並在每條影片結尾添加提問以引導觀眾留言互動。

我按照這些建議調整內容策略後，觀眾的平均觀看時長明顯增長，留言互動也變多了。你還可以請AI幫你想一句口號，強調你的頻道宗旨「用AI助你打造影響力」等等。這些口號反覆出現在你的頻道頁面和影片片頭的話，可以使得新觀眾對你的品牌印象更加深刻。因為我自己有已想好的開場白，主要是讓人知道我的頻道有時是我本人做主持（大家好，我是Rannes文恩澄），有時是虛擬生成的我做主持（大家好，我是AI Rannes），我想保留這個特點，所以我並沒有叫AI幫我想口號，但我很鼓勵大家怎樣也要想一些令人加深印象，又可以經常出現在你頻道中的口號或句子，想不到便請教你的AI助手吧。而在AI的幫助下，我的內容策略變得有條不紊，品牌定位也更加鮮明，長期下來觀眾的忠誠度和參與度都有了明顯提升。

8. 建立品牌個性與差異化

在自媒體領域，內容氾濫的時代，建立鮮明的品牌個性並強調你的差異化優勢，是吸引並留住受眾的關鍵。AI可以協助你挖掘自身的獨特之處，並將其轉化為一個清晰、有感染力的品牌形象。要做到這點，首先你得對自己有深入的了解，包括你的風格、價值觀以及你能帶給觀眾的獨特價值。接著，我們可以利用AI來整理這些要素，打磨出一個動人的品牌故事和形象。

操作步驟：

利用AI建立獨特的個人品牌：

1. 自我定位盤點：

先花點時間列出你的個人優勢、專長領域，以及你與眾不同的地方。可以包括你的背景（例如工程師轉行做美食博主）、人格特質（幽默風趣或理性務實）、還有你為何創作此內容的熱情與使命。這些都是品牌個性的素材。

2. 撰寫品牌故事：

接下來，把上述素材提供給AI，請它協助整理成一段品牌故事。例如：「根據以下要點，幫我寫一段我的個人品牌故事，語氣真誠有親和力……」（提供要點如：工程師背景、熱愛美食、希望用科學方法改良家常菜）。AI生成的故事雛型可能會勾勒出你的成長歷程、轉折點，以及你創立頻道的初心。你可以再依照真實經歷調整細節，讓故事既動人又真實。

3. 提煉品牌宣言：

品牌故事有了，試著請AI從中提煉出一句話的品牌宣言或標語。例如：「請從上述故事中擷取精華，形成一句朗朗上口的標語。」AI或許會產出類似「理工思維煮出家的味道」這樣的標語（假設你是工程師美食博主）。這句話應該能突顯你的差異化——不同於一般美食頻道，你有理工背景，帶來新的觀點。

4. 差異化檢視：

為了確認你的品牌定位是否真的獨特，可以讓AI將你的品牌元素與競爭者做對比。例如，提供競爭對手的定位簡述，問AI：「相比之下，有哪些是我的獨特賣點？哪些地方還可以更突出？」AI會幫你檢視差異化是否明顯，並可能建議再強化某部分（例如如個人故事的某個亮點）。

5. 應用於內容創作：

最後，將確立的品牌個性融入日常內容中。這部分同樣可以借助AI來產生點子。例如：「基於我的品牌形象，幫我想幾種在影片中展現個人風格的方法。」AI或許會建議你在影片開頭以招牌問候語與觀眾打招呼、或定期分享個人小故事作為節目一環。挑選適合你的建議，持續在內容中強調那些屬於你的獨特標誌。

透過以上步驟，你的個人品牌將更具立體感和辨識度。我本身是一個結合電腦技術背景、教育經驗、音樂演藝背景及影片創作製作能力於一身的人。在剛開始經營自媒體的時候，我並不懂得如何有效地將這些不同領域的特長融合起來，清晰地傳達給觀眾，並突顯出自己的特色。後來，我意識到關鍵在於明確自己想展現什麼，並且透過內容的規劃與主題選擇，有意識地強調自己在這幾個領域的專業和特色。當我更積極地透過內容去表達這些綜合優勢時，觀眾便逐漸認識並記住了這些特點，從而使我的個人品牌逐漸變得更清晰、更具辨識度。另外一些驚喜就是，我發覺我這樣做後，觀眾對我的辨識度更接近真實的我後，我各方面的工作邀請也同時地多了：AI教學邀請、訪問邀請、影片製作工作、司儀工作等等，以為令觀眾知道及定型了我的IT背景及特質後，會令我另外一個專業事業的客戶對我失去該崗位的信心等，原來我想多了，結果的確是有點出乎意料之外。

9. 總結與行動指南

經過以上步驟的講解，我們將這些要點串連起來，就能打造出一套強大的AI自媒體策略。總而言之，AI的真正價值不在於取代創作者，而是輔助我們更聰明地創作：它可以做資訊搜集和初稿產出，我們則負責賦予內容靈魂和個人風格。當你善用AI作為軍師，搭配清晰的內容方向和品牌定位，你的自媒體將更有策略性地成長。在本章的最後，我提供一份具體的行動清單，方便你立即付諸實踐，調整自己的AI設定與內容方向：

行動清單：

- **檢視AI使用方式：**

反思你目前如何使用AI。是否過度依賴它自動產生內容？從現在開始，嘗試把AI定位為輔助決策的工具，明確告訴它你的需求和風格，而非讓它獨自決定內容。

- **練習優化提示詞：**

選擇一個你即將創作的主題，為ChatGPT編寫一段詳細的提示詞，包含背景、目標受眾和希望的語氣。觀察AI的回應是否更貼近你的期望，並記錄有效的提示詞寫法以後重複使用。

- **人性化AI產出：**

拿一份AI替你生成的草稿，仔細編輯潤飾，使之帶有你的個人風格。你也可以把修改意見逐條反饋給AI，讓它學習你的偏好。經過幾次互動，你會發現AI更懂得用你習慣的方式來表達。

- **利用AI發掘利基：**

花點時間與AI聊一聊你的領域，讓它幫你找出一兩個可能的利基市場。接著自行上網驗證這些利基的受歡迎程度，鎖定後就為接下來的內容創作明確方向。

- **分析受眾輪廓：**

將你的觀眾數據或觀察交給AI，請它總結出受眾特性與興趣。根據這些洞察，調整你未來內容的選題和風格，確保貼近目標觀眾的喜好。

● **制定內容計畫：**

運用AI協助擬定未來一段時間的內容日曆和主題清單。確定發布頻率和各主題間的平衡，並在執行中持續觀察數據反饋，必要時再次求助AI優化策略。

● **打磨品牌形象：**

與AI一起梳理你的品牌故事和定位，產出一句話的品牌宣言。將這些元素融入你的頻道簡介、影片開頭和結尾等處，反覆強調你的個人品牌特色。

● **持續學習調整：**

最後也是最重要的一點，保持開放的學習心態。定期回顧你的自媒體策略成效，透過AI尋找新的優化機會——無論是內容形式、互動方式還是變現策略。隨著時間推進，AI工具也會進步，你的策略也應不斷更新迭代。

現在，就是行動的時刻。把以上清單中的其中一兩項付諸實踐，開始調整你的AI使用方式和內容策略。你會發現，當AI與你的創意火花結合，自媒體經營變得更加游刃有餘。然後就是內容的創作部份了！

Chapter 5
決定你的變現方法

在自媒體經營的旅程上，許多人除了追求影響力之外，更重要的是如何將這份影響力轉化為實際收益。本章將與大家探討幾種實際而有效的變現方法，協助你根據自身的條件及受眾需求，找到最適合自己的盈利策略。無論你是初次踏入自媒體領域，還是已經擁有一定規模的創作者，以下的方法都能幫你進一步提升收入，將你的熱情轉化為真正的回報。

本章會探討以下幾種主要的變現策略：

- 廣告收入：如何透過AI分析市場趨勢，精準選擇適合自己的廣告合作模式，快速將內容轉化為收益。
- 訂閱與會員制：如何建立忠實粉絲群，提供會員專屬內容及互動，打造穩定而持續的收入來源。
- 數位產品銷售：將個人專業知識製作成電子書、模板或線上課程，實現一次創作、多次銷售的高效盈利模式。
- 顧問與專業服務：善用你的專業知識，精準鎖定高價值客戶，創造更高收益的專業服務和諮詢機會。

- 聯盟行銷與品牌合作：推薦你所信任的產品或品牌，透過聯盟行銷計畫獲得收益，並與品牌建立互利的長期合作關係。

透過具體的操作步驟與個人真實經驗分享，本章將協助你規劃並落實有效的變現策略，讓你的影響力真正實現價值，踏上收益豐厚且穩定的自媒體之路。

廣告收入：讓內容直接變現

廣告是一種最直接的內容變現方式，透過在你的內容中插入廣告來獲取收益。許多自媒體創作者首先想到的就是加入像YouTube合作夥伴計畫（YouTube Partner Program）這樣的廣告平台。此外，Facebook影片和Instagram Reels也提供廣告分潤機制，可以讓你的影片在播放時出現廣告，進而賺取收入。選擇適合的平台非常重要：YouTube對長影片有完整的廣告生態，Facebook偏好中長度影片插入廣告，Instagram則針對短影片Reels。

無論哪個平台，都需要先累積一定的流量和粉絲基礎，廣告收益才會可觀。在開始之前，你也可以利用AI協助分析市場趨勢，找出在各平台上熱門的內容類型，優先製作有潛力吸引觀眾的主題。這樣一來，不僅更快達到平台的營利門檻，也能讓廣告收益最大化。

《YouTube合作夥伴計畫》操作指南：

1. 申請YouTube營利功能：

首先，建立一個YouTube頻道並持續上傳內容。當你的頻道開始累積觀看次數後，進入YouTube Studio後台，找到左側選單中的「獲利」（Monetization)分頁。按照指示申請加入YouTube合作夥伴計畫。申請過程中需要同意YouTube的營利政策，並將頻道連結到一個Google AdSense帳戶，方便接收日後的廣告分潤款項（如果沒有AdSense帳戶，系統會引導你申請）。申請提交後通常需要等待審核，期間YouTube會審查你的頻道內容是否符合規範。

2. 確認營利資格條件：

在申請之前，你可以先查看自己是否已達到YouTube平台的營利門檻。截至2025年6月，加入YouTube營利的基本條件包括：

- 訂閱人數：頻道訂閱者至少1000人。
- 觀看時數：過去12個月的公開影片總觀看時間累積達4000小時，或是過去90天內短影片（YouTube Shorts)總觀看次數達1000萬次。
- 內容規範：遵守YouTube的社群規範與營利政策，無重大違規記錄（例如沒有社群守則違反或版權警告）。

- 雙重驗證：啟用兩步驟驗證（2-Step Verification）以確保帳號安全。
- AdSense帳戶：擁有一個已驗證的Google AdSense帳戶，用於日後接收付款。

你可以在YouTube Studio的「獲利」分頁查看自己的進度，系統會顯示訂閱人數和觀看時數的達標進度。如果尚未達標，專注創作高品質內容、穩定成長觀眾是關鍵。別忘了善用AI來分析熱門關鍵字或內容趨勢，以助你創作更容易累積觀看時數的影片。

3. 啟用廣告並設定廣告類型：

當你的頻道通過審核開始營利後，就可以為影片啟用廣告。在YouTube Studio的內容列表中，選擇你想要營利的影片，切換「廣告營利」開關為開啟。YouTube會自動在適當的位置插入廣告（包括影片開頭的跳過式廣告、影片中的插播廣告，以及影片結尾廣告等）。

4. 黃金八分鐘：

如果你的影片長度超過8分鐘，你也可以手動插入中途廣告（mid-roll ads）：在影片編輯頁面的時間軸上選擇插入廣告的位置，以控制觀眾何時看到廣告。此外，你可以選擇廣告格式，例如可跳過或不可跳過廣告、橫幅展示廣告等。一般建議一開始使用自動廣告讓平台優化配置，待熟悉後再根據數據手動調整。例如，你可能發現某類型影片觀眾更能接受中途廣告，那你就可以增加該類影片的中途廣告次數。

5. 優化內容以最大化廣告收益：

光是開啟廣告還不夠，優化內容以吸引更多點擊和觀看，才能提升廣告收入。首先，增加影片曝光：確保標題、描述和標籤包含相關的熱門關鍵字，使影片更容易被搜索到。這部分你可以用AI來協助——例如，請ChatGPT幫你產生一個兼顧SEO和吸引力的影片標題。（Prompt示例：「請為我的影片想一個吸睛且包含‘旅遊’關鍵字的標題，內容關於budget travel小貼士。」）AI產生的標題如「💡省錢環遊世界：5個budget travel不可不知的秘訣」可以拿來與你的原標題比較，選擇更吸引人的版本。

6. 延長觀眾觀看時長：

觀眾看的時間越長，你的總觀看時數和能插入的廣告就越多。確保影片一開始就抓住觀眾注意力，內容緊湊有價值，避免中途流失。你可以讓AI協助檢查腳本的節奏或提供剪輯建議。最後，分析數據並調整：定期查看YouTube分析中的收入報告，了解哪支影片的每千次曝光收益（CPM）較高，哪種內容的觀眾停留時間長，據此優化你的內容策略。例如，如果旅遊類影片CPM較高，你可以投入更多資源在類似主題，同時用AI分析觀眾評論反饋，找出可以改進的地方。

恭喜你完成建立被動收入的基本第一步！YouTube廣告收入雖然被動又直接，但其實只會是你的第一步，當你利用這個成績再建立以下的其他營銷方式，你會發現YouTube廣告只佔你的自媒體被動收入的一小部份。

訂閱與會員制：建立可持續收益模式

當你已經累積了一群忠實粉絲時，訂閱制和會員制是建立可持續收入的極佳策略。透過提供會員專屬的內容或福利，讓觀眾願意定期付費支持你。不論是在YouTube上開通頻道會員，或使用第三方平台如Patreon、Buy Me A Coffee，都能讓粉絲以訂閱的方式贊助你的創作。這種模式的好處在於收入相對穩定，每月都有固定的現金流。

此外，會員制能拉近你與核心粉絲的距離，形成社群感，增加觀眾黏著度。想像一下，你的粉絲不再只是被動觀看者，而是社群的一份子，他們因為支持你而獲得特別待遇，這會激勵他們持續留在你的圈子裡。當然，要讓會員制成功，關鍵在於持續提供有價值的獨家內容。這方面你可以運用AI來分析粉絲喜好，甚至產出專屬於會員的內容點子，確保他們覺得物超所值。

《訂閱與會員制》操作指南：

1. 開通會員制度：

以YouTube頻道會員為例，首先確保你的頻道符合條件並已開通營利功能（需要達到前述的YPP門檻）。在YouTube Studio的「獲利」（Monetization)分頁中，找到「會員資格」（Memberships)選項。如果你的頻道已具備開通資格，會出現設定會員方案的引導。按照向導步驟，建立會員等級和價格。例如，你可以設置多個等級（層級），從入門級的每月港幣$5，到高級的每月港幣$4000，每個等級對應不同的福利。填寫各等級的名稱和描述，讓觀眾了解加入後可以得到什麼。除了YouTube，本章提到的Patreon和Buy Me A Coffee都是常見的會員制平台：

- Patreon：

  創作者可以在Patreon頁面設定訂閱方案，提供不同層級的獎勵，例如獨家貼文、提前觀看影片、每月直播等。Patreon沒有訂閱人數門檻，任何創作者都能註冊使用，非常適合尚未達到YouTube會員資格的人。

- Buy Me A Coffee：

  這是一個較為輕量的小額贊助平台。你可以設定讓粉絲「請你喝咖啡」一次性打賞，也可以開通月費會員。操作上相當簡單，粉絲不需繁複註冊即可付款支持。

2. 規劃會員層級與福利內容：

成功開通會員後，重點就在於規劃讓人心動的會員福利。請先換位思考，什麼樣的內容能讓粉絲願意付費？常見的作法包括：會員專屬影片或文章、幕後花絮、直播問答、線下聚會優先權、客製化周邊等等。建議設計由淺入深的層級福利：低價位會員可獲得基礎福利（如每月一支會員限定影片），中等價位增加價值（如每月直播Q&A、社群群組加入），高價位則給予超級粉絲體驗（如一對一諮詢、定制內容）。如果不確定提供什麼，不妨讓AI幫忙產生點子。例如，你可以詢問：「我有一個主打美食旅遊的頻道，可以提供哪些獨特的會員專屬福利？」AI可能會建議電子食譜、私房景點清單、或與會員共創影片等創意點子。也可以進一步請AI幫你撰寫福利描述。（Prompt示例：「替我的頻道會員方案想一個吸引人的描述，強調會員將獲得獨家旅遊攻略和每月直播互動。」)確認福利內容後，記得實事求是，不要過度承諾自己無法長期提供的東西，穩定地提供承諾的內容才能留住會員。

3. 吸引會員訂閱的行銷策略：

有了會員方案後，就要宣傳讓粉絲知道並誘使他們加入。首先，在你的影片內容中主動提及會員方案。例如在片尾呼籲：「如果你喜歡我的內容，考慮加入我的會員，獲得更多獨家好康！」但要注意語氣真誠，不要給人硬要錢的反感感。其次，製作一支介紹會員福利的影片或貼文，清楚展示不同層級的收穫，這能幫助粉絲了解加入的價值。第三，運用AI分析受眾來優化你的行銷語術。比如，從留言中找到粉絲最感興趣的主題，並強調相關的會員福利。你可以把最近影片的留言餵給AI，讓它分析觀眾關注點，然後據此調整你的宣傳重點。（Prompt示例：「以下是觀眾對我內容的反饋，他們最感興趣的是旅遊省錢秘訣。請據此撰寫一段宣傳我的會員方案的文案，強調會員將獲得更多省錢攻略。」)AI生成的行銷文案可以給你靈感，使你的推廣用語更貼近受眾需求。最後，不妨推出限時優惠或試看：例如新會員首月折扣，或釋出一小段會員限定內容作為試看，降低觀眾踏入會員制的心理門檻。

4. 提升會員留存率的方式：

爭取到會員後，下一步是留住他們持續付費。首先，保持穩定的內容更新：按照你承諾的頻率提供會員內容，例如每週一篇專屬貼文或每月一次直播，讓會員覺得物有所值。其次，增進互動：主動與會員交流，回答他們的留言，記住常見的名字並在公開場合感謝他們。這種被重視的感覺會提高忠誠度。再次，可以不定期給會員小驚喜：例如在節日時贈送虛擬小禮物、會員期間偶爾免費升級體驗更高一級福利一天等。這些貼心舉動能帶來超出預期的滿意度。為了尋找創新的留存點子，你也可以求助AI。（Prompt示例：「請提供三個創意的方法來提高付費會員的續訂率，適用於內容創作者。」)AI可能會建議例如會員生日禮、社群徽章榮譽制度、舉辦僅限會員的比賽等。挑選適合你的方式來實行，觀察會員反應並持續優化。

一位經營線上課程的朋友起初在Patreon上推出會員方案，但發現不少人試用一兩個月就取消了。於是他調整策略，引入了「會員成就徽章」和「滿半年送限量周邊」等激勵措施。同時，他每月固定舉辦一次會員直播，並透過AI分析每次直播後會員的反饋意見，持續改進互動方式。結果第二季度的會員留存率提升了20%以上，許多會員表示因為享受到獨特的福利而選擇長期支持。用心經營社群和靈活運用AI找出粉絲真正想要的東西，確實能建立穩定的訂閱收益。

數位產品銷售：讓知識變成資產

將你的知識和創意轉化為數位產品，是一種高潛力的變現方式。所謂數位產品，包含電子書、付費報告、設計模板、線上課程、甚至是可下載的工具軟體或素材包等等。和廣告或會員不同，銷售數位產品屬於一次創作，多次販售的模式：你投入時間製作出產品後，可以不受次數限制地賣給無數人，收入沒有上限。另外，數位產品能夠建立你的專業權威形象——購買你產品的人通常對你產出的知識有高度信任，這也有助於你打造個人品牌。要開始販售數位產品，現在有許多平台可以使用，例如Gumroad（方便賣電子書、插畫、軟體等各類數位檔案）、Teachable（專門用來販售線上課程）以及Kajabi（整合課程、會員、郵件行銷的全方位平台）。接下來，我們會一步步說明如何開發並銷售你的第一款數位產品。過程中別忘了善用AI來加速內容製作，或替你找到適合推廣的受眾。

《數位產品銷售》操作指南：

1. 選擇適合的數位產品類型：

首先評估自己的專長和你的受眾需求，決定要開發哪一種類型的數位產品。常見的類型有：

- 電子書（eBook）：

  如果你擅長寫作或有系統性的知識分享，電子書是門檻較低的選擇。可以是實用指南、心法秘笈、食譜、旅遊攻略等。例如，攝影博主可以賣一份《手機攝影構圖指南》的電子書。

- 可下載模板/素材：

  針對設計、美工、辦公應用等領域，提供現成模板或素材包也是熱門選項。比如IG網紅可以販售修圖預設濾鏡、簡報達人可以賣精美的簡報模板、或程式設計師賣實用的原始碼模組。

- 線上課程：

  適合更深入系統的知識教授。如果你能提供有結構的教學內容（影片、講義、測驗），可以開設線上課程。這類產品準備工作量較大，但往往能定價更高。

- 付費社群或工作坊：

雖然形式上不是實體產品，但也是數位形式的知識變現。透過收費社群論壇、微信群組，或線上直播工作坊等形式，販售你的經驗和指導。

如果拿不定主意，不妨詢問你的觀眾最想從你這裡獲得什麼。例如進行社群投票，或直接讓AI來分析你的內容領域有哪些知識空白可以被填補。（Prompt示例：「我是一名健身自媒體創作者，請問我的粉絲可能會喜歡哪些類型的數位產品？提供三種建議並解釋原因。」)AI或許會回答：「1. 健身菜單電子書（因為粉絲可能想要具體的飲食指導）；2. 個人化訓練計畫模板（幫助粉絲規劃每日運動）；3. 線上直播課程包（月度健身挑戰），提高參與感。」等等。根據這些建議，挑選一個你最有把握製作、同時粉絲也有興趣購買的產品作為起點。

2. 使用AI生成和打磨內容：

確定產品類型後，就進入內容製作階段。這裡AI能成為你的強大助手，無論是腦力激盪還是具體撰寫都可以運用。舉例來說，如果你要撰寫一本電子書，可以先列出章節大綱，然後運用ChatGPT擴充每章節的要點。（Prompt示例：「幫我為《如何開始經營自媒體》電子書擬定章節大綱，包含 1）前言、2）設定你的主題和受眾、3）平台經營策略、4）創作流程與工具、5）變現方法、6）未來展望。」）得到滿意的大綱後，你可以逐章節撰寫內容，當遇到瓶頸時，再請AI幫忙產生靈感或段落文字。例如：「請以輕鬆易懂的口吻撰寫一段關於選擇利基市場的重要性的說明。」AI產出的文字你可以再進一步潤飾，融合自身經驗，使內容更有溫度和獨特觀點。

同樣地，如果你製作線上課程，AI可以協助你寫腳本或設計課程講義；製作模板時，AI能幫你檢查可用性或提供優化建議。在整個內容產出過程中，把AI當成一位隨叫隨到的智囊，既能加快進度，又能減輕創作壓力。記住，最終產品還是要反映你的專業度與風格，所以在AI給予的素材基礎上進行適當編輯和整合，是確保品質的關鍵。

3. 設定銷售頁面：

內容準備好後，接下來就是將產品上架到適合的平台進行銷售。以Gumroad平台為例，其操作非常親民：

- 建立帳號：註冊一個Gumroad帳戶，登入後進入你的儀表板。
- 新增產品：點擊「New Product」或「新增產品」，選擇產品類型（例如電子書可以選擇"Digital Product"）。接著輸入產品名稱（Title）和價格。你可以採用一次性買斷的定價，也可以選擇付費等級或訂閱制（取決於產品類型，像線上課程有時會用訂閱或分期付款）。
- 上傳檔案與設計頁面：上傳你的產品檔案（如PDF電子書、ZIP檔案、影片連結等）。為產品上傳封面圖片或預覽圖，這能讓商品頁面更吸引人。撰寫產品描述，清楚告訴潛在買家這個產品能為他們帶來什麼價值。建議突出產品的重點功能或學習成果，並採用要點列舉的方式讓重點清晰可見。

- 發佈產品：確認所有資訊無誤後，就可以將產品設為公開發售。Gumroad會生成一個產品專屬鏈結，你可以分享此鏈結給你的觀眾。

其他平台如Teachable或Kajabi則適合上架課程類產品：你需要建立課程大綱、上傳課程影片，設定課程介紹頁面和價格等。操作方式雖然各有不同，但核心都是讓產品頁面具有吸引力並提供順暢的購買流程。別忘了在頁面上清楚提供客服或聯絡方式，讓買家在購買前後都能聯繫你，增加信任感。你也可以在FAQ區域回答常見問題，減少消費者疑慮。

4. 推廣策略與流量引導：

產品上架後，最重要的就是推廣，畢竟再好的產品也需要有人看見才賣得出去。首先，善用你的現有自媒體頻道來宣傳。例如在相關的YouTube影片下方描述放上產品連結，影片中口頭推薦；在IG發貼文介紹產品特色；或在電子報通知訂閱者你推出了新產品。

接著，考慮為產品打造專屬宣傳內容：也許寫一篇博客文章深入介紹產品背後的故事與價值，或拍攝一段影片展示產品的使用方法與效果，讓觀眾親眼看到他們會得到什麼。另一個策略是限時優惠或折扣碼，利用人們對錯過優惠的心理，刺激早鳥購買。在推廣文案上，AI再次派上用場——你可以請AI幫你撰寫不同風格的宣傳語，找出最能打動人心的版本。（Prompt示例：「幫我撰寫一則Facebook貼文文案，宣傳我的新電子書《30天打造個人品牌》，語氣熱情並強調這本書將教讀者如何在一個月內建立獨特的個人品牌形象。」）

此外，也可以請AI分析你的受眾資料，推薦最佳的行銷渠道和溝通語氣。（Prompt示例：「我的主要受眾是25-34歲對創業感興趣的年輕人，他們活躍於哪些線上平台，我該如何向他們推廣我的線上課程？」)根據AI的建議，你或許會發現某些社群平台或論壇有潛在客戶聚集，從而將推廣重心放在那些地方。

最後，別忽視口碑行銷的力量：鼓勵首批購買的用戶留下評價或心得分享，這將大大提高產品對後續潛在買家的說服力。

人人也可以有自己的專長及專業，有心得便能成為你的收入來源。假設你是一個行銷專家，平常也會寫一些行銷技巧文章，不妨嘗試整理擴充成一份PDF電子書在Gumroad上架販售。你可以運用AI幫忙分析你的一般讀者留言，發崛一些很多人反覆提到的問題。確認了市場需求後，著手編寫電子書內容並請ChatGPT協助潤色段落語句。上架後，開始在社群平台宣傳你的這本《網上行銷經營指南》吧！再想一個早鳥優惠營銷策略。只要產品確實解決受眾痛點，再加上巧妙的AI協助行銷，即使是個人創作者也能成功將知識變現，創造出一條被動收入管道。明白起初一定會心裡很忐忑，畢竟不知道有人願不願意花錢買單，但Hey！你有機會會不成功，但你不嘗試便一定不會成功！要是沒人買怎辦？沒有怎辦，反正你也不會有損失。

顧問與專業服務：轉化個人專業為高收益

如果你在某個領域擁有豐富的經驗或專業知識，提供顧問服務或自由接案是一條高收益的變現途徑。與其他變現方式不同，顧問和專業服務通常涉及一對一的深度交流或為特定客戶解決問題，因此單次收益較高。例如，行銷顧問可以為企業制定策略、設計師可以接自由接案專案、理財部落客可以提供一對一諮詢等等。常見的接案平台如Clarity.fm（諮詢電話按分鐘計費的平台）、Upwork和Fiverr（全球性的自由職業接案平台），還有專業社群平台LinkedIn（用於展示履歷和拓展人脈），都可以用來找到潛在客戶。要成功以專業服務變現，除了有真材實料外，建立個人品牌信任感是關鍵——客戶願意付高價給你，通常是因為相信你能解決他們的問題。以下我們逐步說明如何推廣自己的專業，並善用AI來輔助你找到並說服高價值客戶。

營銷專業服務操作指南：

1. 建立個人品牌並提升可信度：

在踏入顧問與服務領域前，先確保你的個人品牌形象足夠專業可信。這意味着要打造一份出色的線上簡歷和作品集。首先，在LinkedIn等職場平台上完善你的個人檔案：使用專業的大頭照，寫一段吸引人的自我介紹，強調你的專長領域和成就。如果你已有成功案例（哪怕是幫朋友或前僱主解決過問題），也可以在履歷中簡短敘述，突出可以量化的成果（例如「協助某新創公司社群粉絲三個月內成長50%」）。

同時，建立屬於自己的個人網站或部落格也是加分項。在網站上分享有深度的文章、過去專案的案例分析、客戶推薦證言等，展示你的專業度。社群媒體方面，也要保持專業形象：例如在Twitter/FB/Instagram分享你的見解、發布專業文章。這些內容累積起來，有助於潛在客戶在搜尋你的名字時，看到的是豐富而可靠的資訊。為了找出你的獨特賣點，你可以請AI幫你分析你的背景，找出哪些經歷和技能最值得強調。當然你也可以請AI幫你撰寫文章。

Prompt示例：「我有5年數位行銷經驗、精通SEO和內容行銷，曾帶領團隊為品牌X在半年內提升網站流量200%。請根據這些資料，幫我撰寫一段吸引人的個人品牌宣言，強調我的專業價值。」記住一定要再調整語氣（可參照本書前幾章的建議），一個強而有力的個人品牌宣言能成為你在各平台自我介紹時的基礎，用最短的文字傳遞出你的價值主張。

2. 設定服務項目與定價策略：

接下來明確你要提供哪些類型的顧問或專業服務，以及如何定價。服務項目可以是一次性的諮詢（例如一小時的問題診斷指導）、專案式合作（為客戶完成一整個專案，如網站設計、行銷活動策劃）、或長期顧問（每月固定時數的顧問輔導）。你可以根據自己的時間和偏好，決定提供哪些形式。定價方面，參考市場行情是第一步：瀏覽Clarity.fm上相似領域專家的每分鐘收費，或在Upwork/Fiverr上查看類似服務的案子行情。例如，如果你是行銷顧問，新手可以先以每單專案以月計服務來計算收費，其後或更專業的服務按每小時收費等類型的定價。

另一種定價思維是價值定價：如果你的服務能為客戶帶來高額價值回報，你也可以勇於收取相應比例的費用。例如，若你是轉化率優化專家，幫電商客戶提高轉化率可能為對方帶來上百萬收入，你收取其中的數%作為酬勞是合理的。在平台操作上，像Clarity.fm只需設置每分鐘多少錢，諮詢結束後平台會自動替你計費，Admin手續都替你完成，非常方便；Upwork則可以按小時或固定價格發佈服務。你可以先在這些平台上建立服務列表，寫清楚提供什麼、流程如何，以及你過去的成功案例摘要來吸引下單。定價不是一成不變的，初期可以略低以獲取口碑與評價，等累積幾個好評後再逐步提高。

3. 使用AI分析市場需求，鎖定高價值客戶：

找對客戶比什麼都重要。與其被動等人來找，不如主動出擊鎖定那些最需要你專業且付得起預算的客戶。這需要對市場有深入的了解——你的目標客戶目前面臨哪些痛點？他們所在的行業趨勢如何？願意為解決這些痛點付出多少費用？這些問題AI可以協助你快速梳理。你可以讓ChatGPT扮演市場分析師的角色。

Prompt示例：「作為一名內容行銷顧問，請分析目前中小企業在內容行銷上常見的三大痛點，這些痛點如果透過顧問服務解決，對他們的價值何在？」

AI可能回覆你，例如：「1. 缺乏內容策略導致流量停滯（透過顧問可制定策略提高曝光，價值在於營收成長）；2. 內部缺乏SEO知識導致無法提高排名（顧問可優化網站內容，帶來更多自然流量）；3. 社群經營耗時且效果不彰（顧問提供有效方法，節省時間並增進轉化）。」這些簡短的回答看似沒甚麼用，所以重點是你需要再展開發問，再給AI它需要的數據及假設，AI會成為你的咨詢師。有了這些洞見，你就能針對性地設計你的服務包裝和銷售話術，強調你如何解決以上問題。

接著，鎖定客戶：利用LinkedIn強大的搜尋功能，找到哪些職稱或領域符合你服務的潛在客戶（例如新創公司的行銷主管、中小企業老闆等）。或者在Upwork上主動投標適合你的專案。在撰寫提案時，就可以引用前面AI給你的市場洞見，指出對方問題並給出初步建議，凸顯你對產業的理解和專業深度。這樣的客製化提案更能抓住高價值客戶的眼球，提升中標機率。

4. 透過AI生成客戶溝通話術：

從第一次接觸客戶、提案洽談，到正式合作期間，你都需要展現專業且讓客戶安心的溝通技巧。有時面對重要客戶，我們難免緊張或不知道怎麼表達最好。這時可以請AI協助你模擬對話或撰寫重點溝通稿。例如，你剛接到一封潛在客戶的詢問信件，對方問：「你能如何幫助我們提高品牌知名度？」你可以先擬好要點，然後讓AI幫忙潤色回覆。

Prompt示例：「幫我回覆一封潛在客戶的Email，他詢問我作為顧問能怎樣提升他們品牌知名度。請以專業但親切的語氣回答，突出我將透過內容行銷策略和社群活動來幫助他們達成目標，同時邀請下一步會談。」

得到AI草擬的回覆後，你可以再依實際情況調整細節，就能大大節省時間並提高溝通品質。除了書面溝通，你也可以用AI來練習口頭提案。例如，讓AI扮演客戶，對你提出尖銳問題，你練習即席回答。

Prompt示例：「我們來角色扮演：你是餐飲業老闆，問我這個行銷顧問的服務到底值不值得投資，請你提出兩個挑戰性的問題考我。」

透過這樣的模擬，你可以預先想好應對措辭，在實際會談時就更加游刃有餘。總之，AI就像是一個24小時待命的助理兼教練，隨時幫助你準備各種與客戶溝通的情境，讓你看起來專業、自信、反應迅速。

聯盟行銷與品牌合作：推薦產品也能賺錢

除了自產內容和服務，你也可以透過推薦別人的產品來賺取佣金，這就是所謂的聯盟行銷（Affiliate Marketing）。當你加入一個產品的聯盟行銷計畫後，你會得到專屬的推薦連結；每當有讀者或觀眾透過你的連結購買產品，你就能抽取一定比例的佣金。這種變現方式特別適合經營評測、導購類型內容的自媒體人。例如科技YouTuber分享電子產品評測，附上購買連結；美妝部落客推薦化妝品，提供折扣碼等。常見的聯盟行銷平台有Amazon Associates（亞馬遜聯盟行銷計畫）、Impact、ShareASale等，這些平台上集合了各行各業的商家合作計畫。你可以挑選符合你內容主題的產品進行推廣。

另一方面，當你的影響力達到一定規模後，還可能吸引廠商主動找你進行品牌合作或業配，例如在影片中口頭推薦、在IG發文標註品牌贊助等。聯盟行銷偏向被動收入，而品牌合作則多半是一次性的合約支付。但兩者本質相同：都是利用你的影響力幫商家導流，從中獲利。以下將說明如何開始聯盟行銷，以及在這過程中如何借助AI提高效率和轉換率。

《聯盟行銷》操作指南：

1. 選擇適合的聯盟行銷平台：

面對眾多聯盟行銷網絡，首先要選擇最適合你的平台或計畫。幾個值得考慮的選項：

- Amazon Associates（亞馬遜聯盟）：
  這是全球最大的聯盟行銷計畫之一。優點是產品種類極為豐富（幾乎任何你能想到的商品在亞馬遜上都有），如你的觀眾市場在全球，極力推薦你以Amazon為你的聯盟行銷起點，Amazon在歐美地區的轉換率也相對較高，因為歐美國家很多人習慣在亞馬遜購物。適合經營各種類型內容的創作者。需要注意的是，亞馬遜的佣金比例因產品類別不同約在1-10%不等，且新加入者需要在180天內成功推薦至少3筆有效購買才能繼續參加計畫。

- 聯盟網/ShareASale/Impact等聯盟平台：
  這些平台彙集了許多商家的獨立聯盟行銷計畫。一些知名品牌（旅遊、時尚、軟體等）可能在這類平台上開放申請。例如ShareASale上有超過數千種商家，從網站主機、線上課程到服飾品牌都有。Impact則是另一個新興的平台，也托管不少大型品牌的計畫。選擇這類平台的好處是可以一次管理多個聯盟計畫，但申請時通常需要提供你的網站或頻道數據讓商家審核，你的內容領域和他們產品的相關度越高，被批准的機率越大。

- 獨立商家聯盟計畫：

有些公司沒有透過第三方平台，而是自行架設聯盟行銷計畫。例如某些線上課程平台、軟體服務（SaaS）等。他們可能在官網底部提供「聯盟計畫」的連結。若你的內容常常提及某個你喜歡的工具或服務，務必檢查一下他們有無聯盟方案，直接申請參加。這種通常佣金比例也許更優渥，但需要你單獨管理不同商家的帳號。

總之，選平台時考量兩點：你的受眾會對哪些產品有興趣？以及哪個平台的產品最符合這些興趣？一開始不妨從亞馬遜聯盟起步（門檻低、產品多），同時挑選1-2個和你內容主題高度相關的商家或平台註冊。

2. 申請聯盟行銷計畫：

以Amazon Associates為例，申請步驟如下：

- 前往Amazon官方的聯盟行銷計畫網站（通常各國亞馬遜網站底部會有「聯盟行銷」或"Affiliate Program"連結）。點擊「立即加入」或「Join Now」。

- 使用你的Amazon帳戶登入（沒有的話需要先創建一個）。

- 填寫申請表單：包括你的網站或自媒體頻道資訊、受眾類型、流量來源等。Amazon想了解你會透過哪些渠道推廣產品。就算你主要在YouTube或IG上活動，也可以提交你的頻道連結。描述部分要寫得專業可信，讓審核人員相信你有能力帶來銷售。例如說明你的頻道主題、每月流量、觀眾輪廓，強調你會真心推薦符合受眾需求的產品。

- 提交申請後，通常會即時獲得一個臨時批准，讓你可以開始拿聯盟連結。但在你帶來幾筆實際銷售前，Amazon會持觀望態度。你需要在180天內完成至少3筆有效訂單，Amazon才會正式核准並讓你繼續計畫。其他平台的申請步驟大同小異：填寫資料->等待審核->獲取帳號和連結。要注意，每個平台對內容都有規範，申請前務必閱讀。例如不能透過欺騙方式拉人購買、不能自己點擊自己的聯盟連結購買等等。遵守規則才能長久經營聯盟行銷。

3. 選擇產品與推廣方式：

拿到聯盟身份後，重頭戲就是挑產品和製作推廣內容。選產品時有幾個原則：

- 相關性：
  產品要和你的內容領域契合。比如你經營美妝頻道，就推薦化妝品或保養品；你寫科技部落格，就挑選3C產品或軟體服務。相關性高，觀眾轉換為買家的可能性才高。

- 信譽度：

  盡量推薦你用過或熟悉的優質產品。這樣介紹起來更真誠，也比較能寫出具體體驗。避免為了佣金隨便推不熟悉的產品，萬一品質不佳會傷信譽。

- 佣金率與均價：

  衡量投入產出比。假如A產品佣金5%售價$100（每單賺$5），B產品佣金50%售價$10（每單賺$5），看似一樣。但也要考慮哪個比較容易賣，以及是否可重複購買。一般來說，數位產品或線上服務的聯盟計畫佣金偏高（20-50%），實體商品偏低（2-10%），可以混合評估。

選定產品後，計劃你的推廣方式：可能是寫一篇推薦文章、拍一條產品評測影片、在直播中展示、或在社群貼文中簡介。你可以運用AI來幫忙擬定推廣計畫。

Prompt示例：「我是一個戶外露營Youtuber，剛加入Amazon聯盟行銷。請幫我選擇3項適合推廣的露營相關產品，並建議我可製作哪些形式的內容來推銷它們。」

你可以製作露營裝備大評比影片、寫一篇‘新手必備露營用品’博客文章，或拍攝野營實測vlog展示這些裝備的性能。根據建議，你就可以著手準備相應的內容。製作推廣內容時，記得依照各平台規定標註「此內容含商業連結」或加上#廣告#AD等字樣，保持透明。

4. 提高轉換率的文案與優化：

擁有好的產品和內容還不夠，關鍵在於轉換率——也就是看過內容的人有多少真的去下單。這裡有許多技巧，而AI能幫上大忙的部分之一就是撰寫高轉換率的推廣文案。當你在影片描述、博客文章或社群貼文中介紹產品時，措辭很重要。你希望文案既資訊豐富又誘導行動。一套常用的框架是AIDA：Attention, Interest, Desire, Action（抓住注意、引發興趣、激起慾望、呼籲行動）。舉例來說，假設你要推廣一款線上照片編輯軟體：

- Attention（注意）：

  「還在苦惱沒有Photoshop技能也不能修出美照嗎？」（引起目標讀者的關注）

- Interest（興趣）：

  「這款新雲端修圖工具不用安裝軟體，提供一鍵美膚、濾鏡等強大功能，5分鐘就能搞定圖片編輯！」（介紹產品賣點，讓人感興趣）

- Desire（慾望）：

  「自從我用了它，每次在IG上傳的照片都收穫大批讚好，朋友們都問我怎麼做到的。」（結合個人經驗，讓讀者產生使用同款產品的渴望）

- Action（行動）：

  「現在透過我的專屬連結試用，還可享7天免費高級版體驗，

快來試試看吧！👉點擊連結」（給出明確的行動指引和誘因）

你可以將你的產品推廣重點告訴AI，請它依據AIDA或其他行銷寫作模型來生成文案。

Prompt示例：「幫我寫一段Instagram貼文文案，我要推薦一款名為XYZ的照片編輯App。強調它使用簡單、濾鏡多，可以讓照片更專業。文案風格活潑，有行動呼籲讀者點擊我的個人檔連結下載。」

獲得初稿後，再微調以符合你平常的語氣。除了文案，優化用詞也能提高轉換率。例如在連結附近加上「限時優惠」「獨家」等詞彙，或在文章標題加入吸睛字眼，這些都可透過AI的協助快速產生多種版本，測試哪種效果最好。最後，別忘了追蹤成效：使用聯盟平台提供的數據或自訂的追蹤碼，看看哪篇內容、哪種文案帶來的點擊和購買最多。定期分析這些資料，不斷調整你的聯盟行銷策略，時間一長，推薦產品也能成為你穩定且可觀的收入來源。

在本章中，我們探討了五種主要的變現方法，每一種都有其獨特的操作步驟和成功關鍵。你可以根據自己的內容類型、受眾特性以及個人優勢，選擇最適合的一種或多種策略來實踐。無論是透過廣告、會員、數位產品、專業服務還是聯盟行銷，記住持續為受眾創造價值才是長久之道。同時，善用AI工具將如虎添翼：它能幫助你分析數據、產出創意、節省時間，讓你專注在最重要的創作與經營上。現在，你已經了解各種變現管道的門道，下一步就是付諸行動，慢慢建立起你的自媒體收入來源。每一條路開始可能都不容易，但堅持下去、靈活調整，加上AI的助力，相信你也能找到屬於自己的成功變現公式！

Chapter 6
選擇適合你的舞台 - 找到你的觀眾

社群平台百花齊放，要讓內容被更多人看到，首先得挑選最適合你的戰場。不同平台聚集的受眾族群、內容形式各有差異，經營每個平台所需的時間與精力也不一樣。本章將分享如何選擇適合你的主平台，並運用AI工具分析受眾習慣、優化你的內容策略，讓你在對的舞台找到屬於你的觀眾。

選擇適合你的平台：理解你的受眾與創作方式

作為一名影片導向的創作者，我最終選擇了YouTube作為我的主要舞台。我喜歡製作長影片傳達深入的資訊，YouTube的受眾也習慣觀看較長且有深度的內容。而且我曾嘗試同時經營多個平台，卻發現自己的時間和精力無法讓每個平台都維持高品質更新。與其在每個地方平均用力，不如專注在最適合自己的平台，確保內容穩定產出。我認同許多創業者的建議：先專注經營一個主要平台直到取得成績，再擴展到其他平台。這樣可以避免分散資源，並在擅長的內容形式上建立口碑。

在選擇平台時，你可以考慮以下原則：

- **內容類型與擅長形式：**

首先評估自己的內容屬性。例如，你是擅長影片創作、圖文寫作，還是即時直播互動？每個平台在內容形式上有自己的強項（如YouTube偏長影片、Instagram偏短影音和美照、Twitter偏文字即時訊息等），選一個最符合你內容特質的平台，成功機率更高。

- **時間與資源評估：**

誠實面對自己能投入的時間。經營平台貴在持續穩定，勝過廣撒網卻後繼無力。如果每週只能產出一支影片，那選擇需要高頻更新的TikTok可能不適合。寧可降低頻率、保證品質，也不要為了同時曝光在所有平台而硬撐廣度。

- **目標受眾分布：**

瞭解你的目標觀眾主要聚集在哪裡。不同年齡層、興趣族群偏好的社群平台不同。例如，年輕人可能更多在Instagram、TikTok，上班族和專業人士則活躍於LinkedIn。選擇你的受眾出沒的地方才能事半功倍。如果不確定，可先從市場調查或詢問現有粉絲，找出他們最常用的平台。

透過以上原則篩選，你應該能縮小候選的平台清單。接下來，我們來看看主要的社群平台特性，並提供平台選擇指南，幫助你對號入座。

平台介紹與選擇指南

每個平台都有其獨特的用戶族群和適合經營的內容型態。以下列出主流平台的特性，幫助你找到與你內容最匹配的舞台：

- YouTube——長影片之王：全球月活躍用戶超過25億。適合長影片內容，例如深度資訊、教育內容、Vlog、教學、紀錄片等。用戶平均每日花將近49分鐘在YouTube，黏著度高。特別的是，超過一半的用戶其實偏好觀看較長的影片，即使是品牌推出的內容也是如此。這意味著如果你擅長製作有深度的影片，YouTube的觀眾樂於投入時間。影片在YouTube上的壽命也較長，好的內容能持續透過搜尋和演算法推薦獲得觀看。缺點是製作長影片成本較高，需要投入較多時間策劃、拍攝與剪輯。因此適合能定期產出精緻長影片的創作者，以及內容需要篇幅完整呈現的主題。
- Instagram——視覺型社群：以照片和短影音為主的平臺，年輕族群特別喜愛。Instagram上高質量的圖片和精美排版有助於建立品牌形象，而Reels（短影音）則是提高曝光的利器。數據顯示，Instagram上最能觸及用戶的內容形式是Reels，平均觸及率比一般圖片貼文高出約36%。因此如果你的內容具有強烈的視覺吸引力（如攝影、美妝、旅遊、美食等），經營IG能快速累積年輕粉絲。IG除了貼文還有限時動態（Stories）和私訊互動，適合與粉絲建立較生活化、日常的連結。需要注意的是，Instagram用戶年齡層偏年輕：16—34歲用戶佔比過半；隨著年齡增加使用率快速下降，60歲以上使用IG的比例僅約6.6%。因此如果你的目標受眾是年長者，IG可能不是首選。

- Facebook——社群元老、內容雜燴：Facebook使用者遍布各年齡層，可謂最廣泛的大眾平台。它適合建立社群互動和分享各種類型的內容：從長文字文章、照片專輯到直播影片都可以。在粉絲專頁經營上，FB提供社團（Groups）功能讓你凝聚核心粉絲，亦可舉辦活動、開設直播與受眾即時互動。由於用戶族群廣，內容調性可依你的品牌調整，年輕族群可能偏好趣味影音，年長族群可能對圖文資訊帖或新聞文章更有興趣。Facebook的演算法傾向讓用戶看到親友動態，因此經營上要特別注重提升貼文互動率，才能增加曝光。

此外，Facebook在廣告和粉絲經營工具上相當成熟，如果你的策略包含付費廣告投放或深度社群經營，它仍是不可忽視的平台。

- TikTok——創意短影音、爆發力驚人：TikTok以短影音稱霸，充滿創意濾鏡、音樂和挑戰賽的氛圍，非常適合娛樂性、創意十足的內容。其特色是演算法強大，只要內容有趣，就有機會在短時間內被大量觀看和分享，讓小帳號一夜爆紅。

TikTok在全球的成長極為迅猛，202年預估月活躍用戶數已達約20億，幾乎追平Instagram。更重要的是，用戶平均每天花47分鐘在TikTok上，為各大社群平台之冠。這表示TikTok用戶對短影音的沉浸度極高，刷起影片來欲罷不能。如果你的內容走輕鬆搞笑路線、音樂舞蹈、才藝展示或抓住潮流趨勢，TikTok能為你帶來爆發性成長。需注意TikTok的內容生命週期較短，潮流轉換快，創作者必須高頻率產出並緊跟熱點，才能保持粉絲關注。

- LinkedIn——職場人士的交流地：LinkedIn是專業社交平台，聚集了職場人士和企業決策者，非常適合用於B2B行銷、招聘、人脈拓展，以及建立專業領域的個人品牌。LinkedIn用戶以25—34歲為主力，佔比超過五成，多為高學歷、高收入的白領族群（約53%的用戶家庭收入屬高收入群組）。在這裡，內容風格和其他平台截然不同——專業價值是關鍵。用戶希望看到的是產業洞察、職場技巧、專業課題討論，而不是娛樂八卦。

因此你可以分享行業見解、深度文章、職涯故事等，同時與同行交流互動。LinkedIn也鼓勵個人打造專業形象，所以經營者可以善用個人檔案、自我介紹、推薦信等功能來加強信任度。如果你的內容或事業和職場、商業領域相關，LinkedIn會是精準觸及決策族群的最佳舞台。

- Twitter / X—即時訊息與趨勢話題：X（原Twitter）是一個偏重即時文字訊息的平台，特點是在於即時性和開放的討論氛圍。用戶常用它來關注最新新聞、實時趨勢、名人動態，以及參與各種話題討論。平台用戶整體規模相對Facebook、YouTube較小（約6億月活躍用戶），但活躍度高，推文壽命短暫且更新快。X的主要用戶年齡層為年輕的千禧世代（25—34歲佔比最高），男性用戶略多於女性。

  由於訊息流動速度快，品牌在上面需要高頻率地發聲才能保持能見度。優勢是你可以直接@任何人展開對話，甚至接觸到名人和業界大咖。X適合即時互動、發布簡短意見或連結導流。如果你的內容需要跟上時事腳步、或你擅長一句話抓住重點的表達，那麼經營Twitter能有效提升你的影響力。此外，有調查指出約35%的X用戶每天都會與品牌內容互動

  ——只要你持續參與討論並提供價值，建立忠實追隨者社群並非難事。

- Threads——Instagram旗下的輕量文字社群：Threads是2023年中由Instagram團隊推出的新興平台，用於分享短文字動態、與粉絲進行更輕鬆的對話。它被視為Twitter的競爭者，用戶可直接用Instagram帳號登入，一鍵關注原本

追蹤的對象，非常方便。由於背靠Instagram的用戶基礎，Threads上品牌和創作者能快速匯聚既有粉絲，進行非正式的交流（例如隨興分享想法、與粉絲閒聊日常）。

如果你希望在一個沒有壓力的環境中與受眾互動，Threads提供了這樣的空間。由於平台仍新，演算法排序和功能在持續演進中，現在加入嘗試可以建立先行者優勢。但也要注意，Threads使用者目前仍以Instagram用戶為主，整體用戶活躍度有待觀察，適合當作輔助平台經營。

- 其他新興平台——深耕利基社群：除了上述主流社群，還有一些偏向特定族群或深度經營的平臺值得關注。例如Discord提供群組聊天室功能，許多創作者用它建立粉絲社群，在其中提供獨家資訊或即時語音聊天，培養緊密的忠實粉絲圈；Reddit是國外熱門的論壇平台，依話題分成無數子版，如果你的內容非常針對某個利基興趣（如程式設計、投資理財等），在相關subreddit上活躍可以接觸到高度相關的受眾；Substack則是電子報訂閱制平台，適合長文創作者經營付費訂閱，用深度文章凝聚忠實讀者。這些新興平台用戶規模可能不如五大社群，但勝在黏著度高、社群品質佳，如果你的策略是建立小而美的深度社群，不妨視情況經營之。

綜合而言，沒有絕對最好的平台，只有最適合你的平台。請根據自身內容類型、目標族群及資源投入狀況，選擇一到兩個作為主力經營的平台。確定戰場後，我們就可以運用AI助力，來了解觀眾在哪裡、什麼內容最受歡迎，以及如何優化發佈策略。

AI工具如何幫助選擇平台與分析受眾

選定幾個潛在的平台後，你可以善用AI驅動的工具進行市場與受眾分析，以數據佐證你的決策。以下是幾款常用的工具，以及它們如何助你更了解受眾、找出最佳發聲管道：

- Hootsuite Insights：Hootsuite平台內建的社群分析功能。它能整合Facebook、Instagram、Twitter等多平台數據，提供儀表板讓你查看受眾分佈、貼文表現和互動情形。你可以利用它分析不同平台的粉絲年齡層、所在地、在線活躍時間等，判斷哪裡的受眾最符合你的目標族群。此外，Hootsuite Insights也提供關鍵字雲和趨勢分析，幫助你了解目前你的領域中熱門的話題是什麼。如果發現某平台相關話題討論度高，表示那裡的受眾對你的內容有興趣。透過這些洞察，你可以有依據地選擇主要經營的平台，而不是憑感覺猜測。

- Google Trends：Google提供的免費工具，用於觀察全球或特定地區的關鍵字搜尋趨勢。透過GoogleTrends，你可以比較幾個關鍵詞的熱度變化，了解哪些主題在上升或下降。例如，你可以輸入「短影音」、「部落格」、「Podcast」等關鍵詞，看看哪種內容形式的關注度在增加。如果發現「短影音」相關搜尋量近年來飆升，意味像TikTok、Reels這類平台正夯。你也可以查看特定關鍵詞在不同地區的熱門程度，例如「電子書教學」在香港vs.美國的趨勢。如果你的受眾主要在某地區，這對你決定內容方向和發布平台會有啟發。

Google Trends還有「相關查詢」功能，列出與主題相關的熱門搜尋詞，讓你發掘受眾可能感興趣的議題。總之，這工具能讓你用數據掌握市場脈動，選擇平台和制定內容策略時更有依據。

- Brandwatch：一款強大的社群聆聽與監測工具。它可以即時監控各大社群媒體上的公開討論，幫助你了解網路聲量和品牌相關話題。Brandwatch常被大品牌用來追蹤消費者對產品的評論反應或競爭對手的動態。對創作者而言，你可以用它來監測與你領域相關的關鍵詞或話題標籤，看看主要討論的平台在哪裡、討論者是哪些族群。

例如，如果你是美妝領域創作者，監測「#彩妝趨勢」可能發現討論最多的平台是Instagram，同時瞭解討論此話題的用戶年齡和興趣分佈。有了這些資訊，你可以評估是否應該優先耕耘IG平台。也提到這類工具能追蹤競爭者的品牌提及和消費者情感，換句話說，你可以偷窺對手在哪些平台投入較多並引發關注，以作為調整自己策略的參考。雖然

Brandwatch是付費工具，但如果你已在經營且想更科學地擴大版圖，它能提供相當深入的數據情報。

- SparkToro：由業界知名行銷人Rand Fishkin開發的受眾研究工具。SparkToro的厲害之處在於，它透過爬取大量網路社群資料，讓你輸入一個受眾描述，就能找出該受眾常出沒的網站、社群帳號和興趣偏好。例如，你可以查詢「關注AI的行銷人」這類受眾，SparkToro會告訴你這群人常閱讀哪些網站、收聽哪些Podcast，甚至常用哪些社群平台。從結果中你也許會發現：「哦，原來對AI有興趣的行銷人員有一大部分活躍在Twitter而非LinkedIn。」這些洞察可以快速指引你該把內容發布在哪裡才能觸及目標受眾。

  此外，SparkToro也提供受眾使用的熱門關鍵詞和hashtag，以及他們關注的其他帳號。等於是全方位描繪出一個受眾的數位足跡，讓你選平台、抓內容角度更有把握。對於預算有限、沒有市場調查團隊的個人創作者，SparkToro是非常實用的武器。

- ChatGPT / DeepSeek / Gemini等AI助手：通用型的AI語言模型（LLM）也能協助你做市場研究與策略規劃。你可以直接詢問這些AI關於平台和受眾的資訊。例如，提問「各年齡層偏好的社群平台有哪些？」ChatGPT可以根據已知資料給出概括性的分析，如年輕人偏好IG/TikTok，中年偏好

Facebook，專業人士偏好LinkedIn等。如果你提供更多背景（例如你的產業、內容類型），AI甚至能產出量身定制的建議報告。

此外，ChatGPT等可以幫你彙整網路資料，例如你找到幾篇關於「2024年社群趨勢」的文章，不妨讓AI幫忙摘要重點，快速獲取洞見。還可以請AI幫你比較兩個平台的優劣，例如：「請比較YouTube和TikTok作為美妝內容創作者的主平台差異」。當然，AI的答案品質取決於提供的資料與提問方式，因此別忘了善用提示語（prompt）來引導它，比如要求列舉數據或引用來源等。本章最後也會提供一些AI提示範例供你參考。總而言之，把AI當作你的虛擬行銷顧問，適當提問就能獲取許多有用的選擇依據。

善用以上工具，你可以更科學地評估各平台潛力，深入了解你的受眾習性。一旦確定主要舞台，接下來就要考慮如何針對不同平台調整內容風格、以及制定發布計畫了。

內容風格與策略調整

不同社群平台上內容呈現形式和用戶消費習慣各不相同。成功的創作者都會根據平台特性來調整內容風格與發布策略。以下是幾個需要注意的重點，以及AI可以如何幫上忙：

- 因地制宜的內容格式：每個平台對內容格式都有最佳實踐。例如，YouTube適合16:9的橫式影片，而且影片標題需要兼顧關鍵字搜尋和吸引點擊；Instagram則偏好正方形或4:5比例的精美圖片，Reels要求9:16直式全螢幕短片，標題通常簡短並善用Emoji；TikTok上影片也是直式全螢幕，但更強調前幾秒的抓取力和搭配熱門音樂；Twitter/X則是純文字或附圖的推文，內容要言之有物並控制在280字元內（或使用執行緒Thread發布長文）。

  因此，當你在多平台發布時，同一素材需要不同加工。AI工具可以幫你自動轉換部分格式，例如Canva等設計工具內建有「一鍵調整尺寸」的功能，能將一張海報圖自動裁剪成各平台所需比例；又或者使用視頻編輯AI工具，將橫版影片智能裁剪為直版重點特寫，方便拿去發Reels/TikTok。

- 語言風格與標題優化：平台文化不同，適合的語氣與文字風格也不同。舉例來說，LinkedIn上的貼文語氣專業且偏正式，用詞強調專業領域術語；Facebook貼文則可以輕鬆口語一些，長文分享個人故事也較被接受；Instagram文案常帶有生活感和流行語，Hashtags是增加觸及的重要元素；Twitter因篇幅短，要求文字精簡有力，善用趨勢標籤。

  身為創作者，需要為同一內容在不同平台撰寫不同風格的標題與文案。這方面AI是絕佳幫手——你可以把原始內容丟給

ChatGPT，請它依指定風格產生文案。例如：「這是我的部落格文章摘要，請幫我改寫成適合發在LinkedIn的貼文，語氣專業並加入3個相關的hashtag。」又或者：「請將以下YouTube影片標題改寫成在TikTok上比較聳動有趣的風格」。透過調整提示語，你能快速獲得多版本的標題、文案，挑選最符合該平台調性的來用。這不僅節省時間，也確保你的內容貼近平台語言，更容易引起共鳴。

- 視覺與字幕策略：在注重視覺效果的平台（如IG、TikTok、YouTube），圖片和影片的呈現品質至關重要。同一條影片，你可能需要製作不同的縮圖/封面：YouTube縮圖要求資訊清晰又引人注目，通常會加上醒目文字和人物表情；Instagram則偏好整體風格統一、美感協調的封面。在字幕方面，YouTube影片可以在平台內上傳逐字稿字幕，方便觀眾和提高SEO；TikTok/IG Reels的字幕通常直接燒錄在畫面上，字體大、顏色突出，以便用戶在無聲瀏覽時也能看懂重點。

為了節省製作這些素材的時間，你可以運用一些AI影音工具。例如，許多影片剪輯軟體（如Adobe Premiere Pro的自動字幕功能，或CapCut等）已內建AI語音識別，可自動轉寫影片字幕，讓你輕鬆製作燒錄字；有些線上服務可以智慧地為影片選擇縮圖或從影片截圖轉成GIF等，增強貼文的視覺吸引力。如果你懂一些程式，也可以利用AI工具（如

ChatGPT / MidJourney / Stable Diffusion等）批次生成符合風格的圖片，用於不同平台貼文的配圖。總之，在視覺呈現上保持平台一致性很重要，而AI可以加速你創建各種規格的素材，讓你的內容在每個平台都能完美展示。

- 平台互動與社群經營：內容發布後，不同平台的互動模式也不同。YouTube上觀眾可能留言提出深入問題，你需要花時間回覆討論；Instagram常見的是按讚、簡短留言，粉絲可能更在意與你日常生活的連結，限時動態的互動也不能漏；在Twitter，每天要關注熱議話題，適時發表看法並積極轉推別人的內容以提高存在感；LinkedIn上則可以寫長文分享經驗，引導專業討論。

  同樣一件事情可能無法分身在所有地方都做到100分，但至少了解各平台受眾期待的互動方式。你可以運用AI來幫你管理和分析這些互動，例如使用ChatGPT API輔助客服——將常見的私訊或留言問題輸入，快速生成初稿答覆，再由你修改後貼出，能省下不少時間。也可以讓AI幫你分析一段期間的留言內容，提取正面反饋和建設性意見，了解粉絲喜歡或不喜歡什麼。這些做法能讓你在有限時間內有效經營多處社群，同時維持與粉絲的良好互動，提升整體品牌形象。

總之，跨平台經營時一定要記住「內容適配」四個字：格式適配、語言適配、視覺適配、互動適配。AI可以在各個環節提供輔助，讓你用較小的增量成本，將一份內容延伸出多樣的版本。然而，無論怎麼調整，核心仍是保持內容的品質與一致的品牌風格，這樣粉絲在不同平台都能認出你、喜愛你。接下來，我們討論如何制定內容發佈策略，找出最佳的發佈時間與頻率，並利用AI來排程和優化發文。

AI內容發佈策略：最佳時間與頻率

在對的時間把內容發佈到對的平台，會大大提升觸及和互動效果。每個平台的用戶習慣不同，因此發佈時機與頻率要因地制宜。幸運的是，我們可以透過數據分析和AI工具，找出何時發佈效果最好、以及如何安排發文頻率。以下從「最佳發文時間」與「建議發文頻率」兩方面說明：

1. 找出最佳發佈時間：大多數社群平台都有內建分析功能，可告訴你粉絲何時在線最多（例如Instagram Insights會顯示粉絲活躍的時段）。你也可以使用像Hootsuite、Buffer這類工具的推薦功能。例如Later平台就有AI驅動的「最佳發文時間」建議功能，特別針對Instagram優化。這些工具會基於歷史數據，找出你的貼文何時獲得最高曝光和互動，然後建議你在那些時間段發文。同時，跨平台的一般趨勢也可以作參考：比如週末早晨人們可能刷手機時間多、週三週四常是IG使用高峰等等。不過，由於時區、受眾習慣差異，最精確的方法還是觀察自己帳號的數據。你可以：

- 查看各平台分析報告中粉絲在線分佈，鎖定幾個高峰時段。
- 進行小測試：將相似內容在不同時間發佈，比較哪個時段表現較好。
- 運用AI來彙總這些結果，請AI幫你找出模式。例如，把一週內每帖的曝光量和發佈時間點列出，讓ChatGPT找找看是否有特定時段明顯較佳。
- 也可以直接提問AI：「一般而言，TikTok和IG在什麼時間貼文比較容易獲得高曝光？」，讓它給出一些基於研究的建議作參考。

最終，你應該能釐清每天/每週的黃金時段，將主要的內容安排在這些時間上線。此外，也別忘了留意特殊時刻：例如重大節日、新聞事件發生時，人們的使用習慣可能改變，這時可以機動調整發文計畫。在這整個過程中，AI工具都能協助你迅速計算和判讀數據，做出明智決策。

2. 安排適當的發佈頻率：每個平台容許的貼文頻率不同，粉絲期望值也不同。發文太頻繁可能淹沒粉絲的時間線引發反感，太稀疏又無法保持存在感。以下是一般建議的各平台發文頻率區間：

- Facebook：建議每天發佈1-2則貼文為宜。由於Facebook演算法不會把太多商業貼文推給同一位用戶，一天發太多可能大部分都石沉大海，不如精選一兩則高品質內容發布。重質不重量，並且不同天嘗試不同類型（影片、連結、純文字）以測試受眾喜好。

- Instagram：每天1-2則貼文是理想頻率，包括圖文貼文或Reels短影片各1則。此外建議每天經常更新限時動態，保持和粉絲的互動黏著性。如果有餘力，一週也可安排幾個Reels發布以爭取更多新粉絲。IG演算法喜歡穩定且頻繁的更新，但也不要因量而犧牲質量。

- Twitter/X：由於推特時效性強，建議每天發布3-5則推文甚至更多，以確保不同時間都有內容露出。你可以重複發布重要訊息（稍作文字變化），因為推特訊息流動很快，不同時段的粉絲可能錯過你的貼文。高頻率的前提是每則推文都應有資訊量或趣味點，避免為了發文而發一些無意義的內容。

- LinkedIn：建議每日至少1則或每週3-5則貼文即可。LinkedIn的用戶不見得每天都刷，所以不用像Twitter那樣頻繁。重點在於定期（例如每週一三五上午）出現，培養關注者的閱讀習慣。內容上以深度和專業性取勝，發文頻率適中即可，品質遠比數量重要。

- TikTok：短影音平台競爭激烈，每天至少1支影片會比較有利於演算法給予曝光。一些頂尖創作者甚至每日發布2-3支以快速累積流量。有資料指出，TikTok官方建議的發文頻率是每日1到4次。當然，前提是內容品質不能太弱而硬湊數。不妨利用TikTok的熱曲和挑戰主題來獲取靈感，確保你有足夠素材高頻產出。同時密切觀察每支影片的表現，找到最受歡迎的題材方向。

- Instagram Reels：雖然也是IG的一部分，但Reels屬於短影音，演算法邏輯和一般貼文不同。一般建議每週發布3-5支Reels較理想。Reels比較吃演算法推薦，新內容在穩定頻率下更容易被推送給非粉絲。所以如果IG是你的主平台，別忘了投入一些精力在Reels的穩定產出上，以吸引新受眾。

- 其他平台：如Threads這類新平台，目前沒有一定之規。可以參考Twitter的做法，高頻且隨機性地貼短文互動。部落格或Substack電子報則頻率可低一些，例如每週或每月一篇長文，但要固定讓讀者知道你沒有消失。Discord社群則不需你「發文」，而是經常在群組裡冒泡、回應大家，讓社群維持熱度即可。

上述只是一般建議，最終還是要觀察自己的受眾反應來調整頻率。若發現貼文互動率隨著頻率增加而下降，可能就是訊號告訴你該減量精質；反之，如果每次發文都迴響熱烈，也許可以嘗試再增加一些頻率。在調整過程中，可以善用排程工具（如Buffer、Later）。先預排好一週的貼文，工具會自動在最佳時刻發布，你也可以針對不同平台設定不同頻率的時間表。這些工具很多都有AI輔助功能，像Buffer就提供「最佳時刻」時槽建議，以及Later則內建智能排程，讓你事半功倍地管理多平台日曆。總的原則是：保持穩定（consistent）又靈活試驗（experiment）。有了AI的輔助，我們更容易根據數據反饋微調策略，找出最適合自己的節奏。

測試與數據分析：不斷優化策略

策略訂定並執行後，並非一勞永逸。我們需要持續監測成效、進行A/B測試，並根據數據優化內容策略。在這個循環中，AI同樣是你的好幫手：

- 內容表現監測：善用各平台提供的分析工具，如YouTube Studio裡的分析報告、Facebook/Instagram使用統一的Meta Business Suite、TikTok創作者數據中心等等，來追蹤每支內容的表現指標。重點數據包括：觀看數/觸及人數、按讚數、分享次數、留言互動、點擊轉換（如連結點擊率）等。

  透過這些指標，你可以判斷哪些內容「打中了」觀眾興趣，哪些反應平平。這裡可以引入AI來輔助分析——例如將一段時間的貼文數據匯出到Excel，然後請ChatGPT幫你從中找出表現最佳和最差的內容類型。AI能快速計算平均值、中位數，甚至根據你的描述（如給每則內容的主題標籤）來看哪種類型互動率最高。這種分析能讓你更清楚知道：「我的觀眾原來最愛看的是開箱評測影片，而新聞評論類的觀看就明顯偏低。」有了這些發現，你就可以有依據地調整未來的內容方向，多製作受歡迎的題材。

- 受眾互動數據分析：除了內容本身的數量指標，也要留意受眾特徵和互動行為的變化。例如粉絲數成長曲線如何？是否觸及到了新的族群？留言中出現的新話題是什麼？AI可以協助你從大量文字中提取資訊。比方說，你可以把最近100條粉絲留言丟給AI，請它整理出常見的問題或反饋類型。

又或者，把新舊兩週的受眾年齡性別比例貼給AI，詢問有無顯著變化。如果發現最近湧入很多年輕粉絲，那或許與你近期在TikTok走紅有關，可以思考如何將這批受眾導流到其他平台，或創作更多年輕人感興趣的內容。另外，AI也能分析情感傾向（Sentiment Analysis）：例如用情感分析模型偵測評論是正面居多還是負面批評增多，幫助你提早發現風向。總之，透過AI的文字與數據處理能力，大量繁瑣的受眾互動資訊可以轉化為有用的見解。

- A/B測試與優化：在不斷嘗試中尋找最優策略是必要的。你可以同時進行小規模的A/B測試，例如同樣內容用兩種不同標題分別發布在相同平台（間隔一段時間避免互相影響），看看哪種標題點擊率高。或影片縮圖做兩版，在YouTube更換後比較更換前後的點擊率差異。這種測試產生的結果，AI也能幫你更快歸納。如讓AI幫你計算兩組的差異是否顯著，或者請它根據A/B結果給出可能的原因猜測（當然最後由你來判斷採用）。

  優化不僅限於內容本身，也包括發文時間和頻率。例如你懷疑週日晚間發文效果比週一早上好，可以各測幾次將數據交給AI，看統計結果是否支持你的假設。經由持續的測試->學習->調整，你的內容策略會越來越精準，這也是AI發揮價值的地方——輔助你快速從數據中學習並做出改善行動，而不只是憑經驗摸索。

- AI提供改進建議：有時候，我們即使看到了數據，仍可能不知道下一步該怎麼優化。這時不妨直接問問AI！例如：「這支影片平均觀看時長只有30%，怎麼樣才能提高觀眾的觀看留存率？」或者「我的IG貼文互動率最近下降了，可能的原因和對策是什麼？」高階一些的做法，是把你的關鍵數據指標提供給AI，讓它扮演顧問角色給出建議。值得一提的是，一些專門的行銷AI工具已經將這種功能商品化，比如部分社群管理平台聲稱能用AI分析你的整體表現並產出報告，告訴你哪類內容應該多發、何時發最好等等。

如果沒有這些工具，其實自己用ChatGPT也能達到類似目的，只是要小心AI的建議是基於有限知識和機率推斷，可能不完全適合你的情況。因此，把AI的建議當成腦力激盪的來源，結合你對粉絲的了解，再決定如何調整。經過反覆的優化循環，你的內容策略將會不斷進步，持續朝著擴大受眾、提升影響力的方向前進。

總而言之，經營自媒體是一個動態調整的過程。我們需要數據驅動決策，而AI可以讓這個過程變得更加高效和智能。不管是從宏觀的發展趨勢，還是微觀的貼文表現，善用AI的分析與建議，都能幫助你快速響應變化、調整路線，最終找到屬於你的成功模式。

AI Prompts範例

在實戰中，學會設計有效的AI提示（prompt）十分重要。下面提供幾個範例提問，模擬如何讓AI幫助你分析受眾和優化內容策略：

● 找出你的目標受眾在哪裡？

範例提示：「請幫我分析科技愛好者的社群行為，這群人主要活躍在哪些社群平台上？請說明各平台的大致年齡層和他們在上面的典型互動方式。」

這個提示要求AI扮演市場分析師，找出「科技愛好者」這一族群常用的平台。例如它可能回答年輕科技迷偏好逛Reddit的科技版、看YouTube科技頻道，中年專業人士則可能在LinkedIn關注科技趨勢等。透過這樣的對話，你可以獲得關於受眾所在平台的靈感和數據依據。

- **最佳發佈時間建議**

範例提示：「根據TikTok和Instagram用戶的行為模式，在哪些時間點發佈短影片最有可能獲得最大的曝光和互動？請分別給予TikTok和IG的建議，並解釋原因。」

*說明：*這要求AI綜合已知的使用者行為（可能包括上下班時間、睡前滑手機高峰等），給出兩大短影音平台的發文黃金時段建議。AI或許會回答例如：「TikTok在平日晚上8-10點及週末下午效果較好，因為年輕用戶夜間活躍度高……IG Reels則是平日中午和晚餐後時段不錯，因為……」

透過這樣的提問，你可以快速獲知一般性的最佳時機，再對照你自己的分析進一步調整。

• 內容優化建議

範例提示：「以下是一段YouTube影片腳本內容摘要，請將重點濃縮並改寫成TikTok短影音的文案和分鏡建議，要求時長60秒內並保留關鍵資訊。」

這個提示讓AI幫助你一稿多用，將長影片的內容精華提取出來，轉化成適合TikTok的呈現方式。AI回答可能會給出：「建議開頭前3秒用一句XX吸引注意，接著用快速三點講述重點……文案風格更活潑……最後呼籲觀眾留言互動」。透過AI的轉寫，你可以節省大量時間在內容改編上，確保在不同平台發布的版本都抓住了精髓。當然，你也可以反覆讓AI優化產出，直到你對調性和內容長度滿意為止。

以上範例只是拋磚引玉。實際應用時，歡迎你根據自己的需求調整提問方式。提示工程（Prompt Engineering）本身就是需要練習的技巧，多嘗試幾種表達方式，AI給出的回答品質可能會有驚喜的提升。善用AI提供的建議，你將更有信心地選對舞台、找到你的觀眾，在自媒體之路上事半功倍！

Chapter 7

打造AI個人品牌形象

現今數位時代，打造獨特且專業的個人品牌形象非常重要。本章將介紹如何運用人工智慧（AI）工具來提升你的個人品牌形象，從專業照片、品牌故事到視覺設計，輕鬆且實用地打造一個令人印象深刻的個人品牌。

1. AI生成專業級個人照片

AI生成照片的優勢：傳統拍攝專業頭像可能耗時又昂貴，而AI創造的個人照片既快速又低成本。你可以隨時產出不同風格的形象照，根據需要頻繁更新，用最小的預算保持你的個人形象新鮮度。無論是LinkedIn大頭照、個人網站形象，還是社群媒體頭像，AI都能即時生成專業水準的照片供你選擇。

AI工具介紹與操作步驟：目前有許多AI工具可以協助生成專業頭像，以下介紹幾款常用的工具及其使用方式：

- Heygen：這是一款知名的AI形象生成工具，能創建寫實的數位頭像，適合用於職業社群平台或個人網站。使用步驟如下：

1. 前往Heygen官網（www.heygen.com）註冊並登入帳戶。

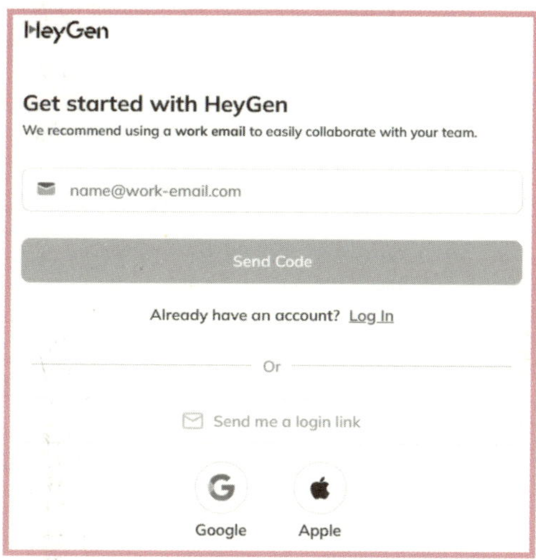

2. Avatar -> Create New Avatar -> Custom Photo Avatar，上載十至二十張清晰的同一人的個人照片。（建議正面、光線良好且背景簡單的照片）

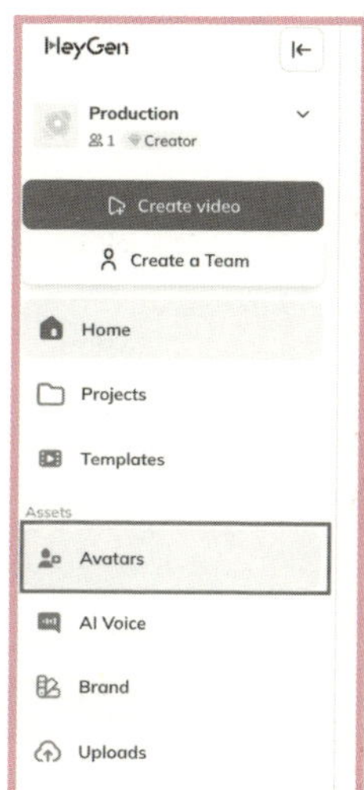

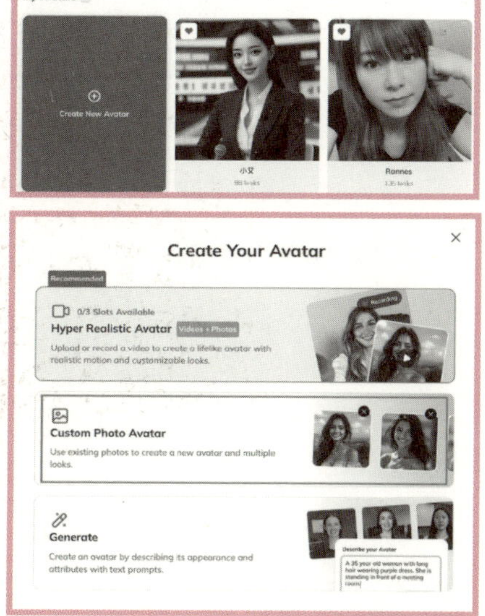

3. 等待過審後，會出現“Train Model”的鍵，按下等待訓練後，便可以生成自己的專業照片。（此功能需為付費用戶，最低級別用戶便可，訓練完人像後，每月可生成400次圖片）。

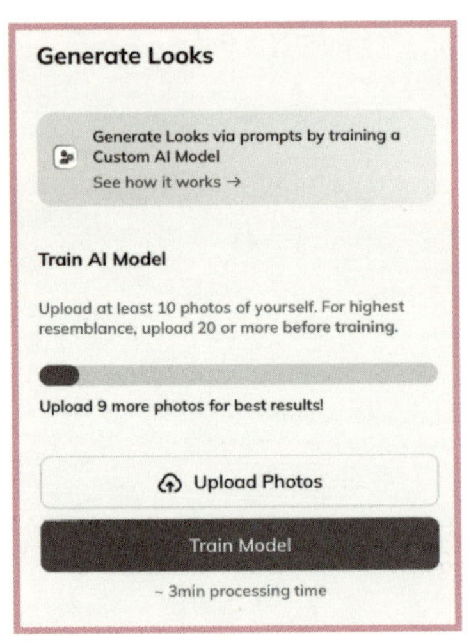

4. 用Prompt寫出生成內容，例如「穿著亮麗晚裝，參加晚會的電影劇照」，以符合你的品牌調性，調較圖片比例/風格等，還可選擇加入特定產品於你的照片內。按下“Generate Look”。

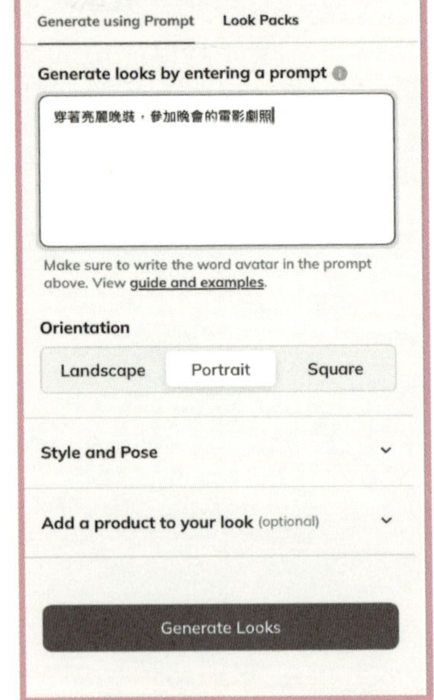

5. 提交後，等待AI處理並生成圖片。一分鐘內，系統會提供數張符合你設定風格及內容的個人照片。

6. 瀏覽生成的照片，挑選滿意的版本下載，用於你的LinkedIn頭像、簡報形象照等。

- Artflow：Artflow能創作個性化又真實的虛擬圖片，特別適合想打造獨特風格形象的人。它可將你的照片轉換為不同藝術風格的頭像，甚至生成以你為主角的虛擬形象插畫。使用方式：

1. 訪問Artflow平台並創建帳戶。

2. 上傳多張個人照片作為你的形象模型訓練（確保五官清晰，可讓AI更好識別你的特徵）。

3. 選擇你想要的頭像風格，例如卡通、油畫風、科幻造型等。

4. 點擊生成，等待AI根據你的照片和選擇的風格創作頭像。

5. 生成後，你會得到獨一無二的虛擬頭像形象。下載並應用在你的社交媒體、自媒體頭像或品牌吉祥物上，為品牌增添個人特色。

- 其他選擇：根據需求，還有其他AI工具可以輔助你打造完美的個人照片：

a. Remini AI：主要用於提升照片畫質。若你已有照片但清晰度不佳，可以使用Remini將模糊或低解析度的頭像一鍵增強，變得高清且更具專業感。此外，Remini也提供AI美化功能，適度優化膚質和光線。

b. ProfilePicture.AI：專門用來生成各種風格頭像的服務。你只需上傳10－20張不同角度的個人照片，讓AI訓練出專屬於你的模型，之後它會產生數十到數百張不同風格的頭像照，例如正式西裝照、戶外休閒照、創意潮流照等。你可以從中挑選最符合品牌形象的一張作為個人頭像，甚至定期更換風格，讓品牌形象保持新鮮有趣。

AI生成照片的注意事項：使用AI工具打造頭像時，需留意以下事項以確保最終效果符合專業形象：

- 避免過度修飾：雖然AI提供美化功能，但建議避免照片修飾過頭。確保生成的頭像仍真實反映你的樣子，不要過度改變五官或膚色，否則真人與照片差異太大，可能影響信任感。追求專業完善的同時，保有真實感才能讓觀眾認得出你。

- 風格與品牌一致：選擇照片的背景和服裝時，讓它們符合你的個人品牌風格。例如，科技業的專業人士可選擇簡潔的辦公室背景、穿著正式商務服裝；創意產業的自由工作者，則可以採用較活潑的色彩背景或輕鬆的穿搭。總之，頭像的整體氛圍應與你想傳達的品牌形象相符，讓觀眾一看到照片就聯想到你的專業領域和個人風格。

2. AI創作個人品牌故事

品牌故事的重要性：一個動人的個人品牌故事能拉近你與觀眾之間的距離，建立信任感並引發共鳴。品牌故事不僅僅是在講履歷，而是以故事的形式傳達你的歷程、價值觀和願景。透過故事，人們更容易記住你、理解你從事這個領域的熱情初心，進而對你產生好感和信任。簡而言之，一個好的品牌故事會讓你的名字和形象在眾人心中鮮明立體起來。

如何用AI協助撰寫品牌故事：寫作並非人人擅長，但AI可以成為你的得力助手，幫你將經歷轉化為引人入勝的文字。像ChatGPT、Claude這類生成式AI模型非常適合創作故事性敘述：

- 你可以先整理出自己的經歷要點，例如專業背景、投入該領域的原因、曾面臨的挑戰、取得的成就，以及你的核心信念和未來願景。接著，將這些要點提供給AI，請它幫忙串聯成一篇連貫的個人故事。

- ChatGPT/Claude協作：開啟ChatGPT對話，輸入相關提示詞（prompt）來引導AI創作。例如，告訴AI「請用第一人稱撰寫我的個人故事，內容包括從我如何入行，到我克服的挑戰，以及我現在的使命。」AI很快就會產生一段草稿。Anthropic的Claude也類似，能產生風格成熟、有邏輯的故事文本。

- AI生成初稿後，你可以進一步要求修改：例如語氣上更熱情一些、加入幽默感，或者調整長度使其適合不同平台。整個過程就像和一位隨叫隨到的寫作夥伴合作，反覆潤飾直到滿意為止。這既節省時間，又能激發一些你自己沒想到的表達方式。

品牌故事模板：為了方便下筆，大家可參考以下供大家直接填寫及使用模板，架構你的個人品牌故事。你可以將自己的資訊套入，然後再交給AI擴充潤色：

- 開頭介紹：我是 ____，目前從事 ____。（說明你是誰、擁有什麼樣的職業或身份）
- 起心動念：我之所以踏入 ____ 領域，是因為 ____。（描述你投入這個領域的原因或啟發你的契機）
- 歷程與挑戰：在這條道路上，我曾經 ____，這段經歷讓我 ____。（分享一個你克服的挑戰或重要的經驗，以及從中學到什麼）
- 核心價值：我堅信 ____，並以此作為我品牌的核心價值。（強調你的信念、價值觀，以及它們如何影響你的工作）
- 願景結尾：現在，我的目標是 ____，希望能 ____。（說明你未來的願景，以及你希望帶給他人的影響或改變）

將上述各點串連起來，就是一篇有結構的個人故事初稿。接下來，你可以讓AI將這些要點連貫成自然流暢的段落，加上一些過渡語句和細節，使故事閱讀起來更生動。

如何讓品牌故事更具吸引力：有了基本故事框架後，可以透過一些技巧讓故事更加動人：

- 採用敘事筆法：讓故事以時間線展開，帶讀者經歷你的起伏。例如從你初入行時的一個小插曲寫起，逐步引導到你如今的成就。避免只是乾巴巴列出經歷，取而代之的是描述一兩個關鍵場景，讓讀者「看到」你的轉變。

- 融入個人風格：在文字中展現你的個性。例如幽默感、真誠度或熱情。如果你是一個風趣的人，就允許故事帶點輕鬆幽默；如果你強調專業性，就讓語氣穩重並凸顯你的專業知識。AI可以根據你的指示調整語氣，比如「口吻輕鬆幽默一點」。
- 強調共鳴點：思考目標受眾可能關心什麼。在故事中點出你與讀者的共同點（例如都曾面臨某困難或都有某種夢想）。這會讓讀者感覺「他懂我」，更願意投入地閱讀並認同你的品牌理念。

應用這些技巧，搭配AI的協助，你的個人品牌故事將既有架構又富有情感，讀來引人入勝，能有效傳達你的品牌價值。在實際操作時，你可以直接使用一些提示詞來請AI撰寫或完善你的品牌故事。

AI提示詞範例：

「幫我撰寫一個個人品牌故事，強調我的專業背景和個性，並讓它適合LinkedIn簡介使用。」

「請以故事敘述方式，描述我如何進入這個領域，並強調我的核心價值觀與願景。」

上述提示詞將引導AI產出初步的品牌故事內容，你可以再視需要調整細節，確保故事貼合真實的你。

3. AI設計品牌Logo &色彩風格

品牌視覺形象的重要性：一個統一且鮮明的視覺形象是強化個人品牌辨識度的關鍵。想像一下，當你的名片、網站、社群貼文都使用相同的色調、字體和Logo時，觀眾每次看到這些元素就會聯想到你，增加記憶點。專屬的Logo以及配色，不僅能讓你的品牌看起來更專業，也傳達出你的品味與風格（例如科技感十足、或是溫暖親和）。總之，建立一致的視覺風格有助於在眾多自媒體中脫穎而出。

AI工具介紹：過去設計Logo和選擇品牌色可能需要美術設計專長，但現在有許多AI工具可以自動化這個過程：

- MidJourney：一款基於AI的圖像生成工具，能根據文字描述創作高品質的圖片。許多人用它來生成品牌Logo概念。

注意：MidJourney生成的圖像有時可能不是嚴格的矢量Logo（可能帶有複雜背景或雜訊），但它非常適合腦力激盪設計概念。你可以將AI圖像當作草稿，然後請專業設計師臨摹成純淨的Logo，或者在Canva / Photoshop / Adobe Illustrator等工具中退地或重現類似的設計。

- Canva AI：Canva是一款知名的線上設計工具，易於上手，最近也導入了AI功能來協助設計品牌色彩方案和字體。

- ChatGPT：過去ChatGPT生成的圖可用性比起其他平台不太高，但自從2025年三月的更新，ChatGPT的圖像生成效能大覆提升，甚至可以生成透明背景的PNG檔案，非常好用。同時此更新也可以在圖像上加入準確的文字，繁體字來說還是有少許進步空間，但相信很快便會改善。

- 其他工具：除了上述工具，還有一些專門為品牌設計打造的AI平台：

1. Looka：一款AI Logo設計網站。只要輸入你的品牌名稱、行業類別，並選擇偏好的風格（如現代、手寫、奢華等）和圖示，Looka的AI會自動生成多款Logo方案。你可以在線調整配色與字體，即時預覽Logo在名片或網站上的效果。當挑選出滿意的Logo時，即可下載高解析度檔案（需付費購買授權）。

2. Khroma：這是一個AI色彩搭配工具。透過先讓你選擇一些喜歡的顏色，Khroma會學習你的偏好，隨後生成無數組和諧的色彩搭配方案。對於不知道如何選色的人，它能啟發出新穎的配色靈感，幫助你找到既符合個人喜好又具專業感的品牌色組合。

如何確保品牌風格一致性：擁有Logo和配色方案後，關鍵在於跨平台保持一致，塑造連貫的品牌識別：

- 統一視覺元素：確保你的Logo、主題色彩和字體在所有平台上都一致使用。無論是個人網站的橫幅、Instagram大頭貼與貼文風格，還是YouTube頻道的封面圖，都應該運用相同的配色和Logo。這種統一性會讓你的受眾每次看到相關視覺，就立刻聯想到你。

- 建立品牌指南：建議整理一份簡單的品牌風格指南，內容包含：品牌色的色碼（HEX/RGB）、中英文字體名稱、Logo的各種版本（深色背景用/淺色背景用）。有了這些指引，無論日後你或AI幫你製作何種素材，都能遵循同一套規則，不會產生風格落差。

- AI輔助應用：善用AI來套用和強化一致的風格。例如，使用Canva設計社群媒體貼文時，將你的品牌套件上傳後，AI會自動推薦符合品牌色的版型，幫助你快速產出一系列風格統一的圖片。又或者在撰寫內容時，提醒AI你的品牌人格（如幽默、專業），讓文本風格前後一致。

- 定期檢視調整：隨著時間推進，你的品牌形象可能會演進，但務必漸進式地更新整套風格，而非零散改動某一部分。舉例而言，如果決定調整品牌配色，就同步在Logo、網站主色調和社群貼文模板中做修改，避免出現舊新混雜的視覺印象。AI工具（如社群排程工具內建的分析功能）可以協助你觀察哪種風格貼文表現最佳，作為日後調整的參考。

AI提示詞範例：以下是與品牌視覺設計相關的AI提示詞，可用來請AI協助你的創作：

- 「請為我的品牌設計一個極簡風格的Logo，包含科技感元素，適合用於YouTube和網站。」
- 「幫我生成一個品牌色彩搭配方案，讓它看起來專業且具有親和力，適用於創業者個人品牌。」

上述提示詞可以輸入至圖像生成AI或設計助理中，取得Logo與配色靈感。例如第一個提示詞，能讓AI繪製出幾款極簡科技風的標誌供參考；第二個則可請像ChatGPT這樣的助手給出具體的色碼組合和配色說明。你可以將AI給的結果作為起點，再依喜好調整，最快速地確立品牌的視覺風格。

4. AI在品牌塑造上的其他應用

除了上面介紹的照片、故事和視覺設計，AI在個人品牌塑造上還有許多實用的輔助功能，能讓你的品牌經營事半功倍：

AI生成社群內容：經營個人品牌少不了持續在各大社群平台輸出內容，而AI則可以扮演你的內容小幫手。

- 撰寫貼文與標題：當你需要為Instagram發佈貼文卻卡思考，不妨求助AI。提供幾個關鍵資訊（例如主題、產品名稱、想傳達的重點）給ChatGPT，請它幫你擬定貼文文案或產生數個創意十足的標題。類似地，針對YouTube影片，AI可以根據影片內容總結出引人注目的標題和說明文字，或者替你擬定影片腳本的大綱。這樣一來，你可以從多個AI提供的選項中選出最吸睛的一個，大幅縮短創作文案的時間。

- 規劃內容日曆：穩定且有節奏地發布內容，有助於提升粉絲黏著度。AI可以協助你制定社群貼文日曆：例如，告訴ChatGPT你的領域和目標受眾，請它為未來一個月列出貼文主題計劃。AI可能會回覆一張時間表，標示每週的主題（週一職業小秘訣、週三個人故事分享、週五專業知識科普等），甚至細化到每天的發文時間和大致內容要點。有了這個初步日曆，你可以再根據實際情況調整，確保內容既符合當下趨勢又與粉絲互動節奏吻合。透過AI的協助，內容規劃變得井然有序，也更不容易遺漏重要節日或行銷節點。

個人網站設計建議：除了社群媒體，擁有一個個人品牌網站能讓你的形象更專業完整。AI同樣可以幫忙你快速架設和豐富網站內容：

- AI生成網站文字：建置網站常讓人傷腦筋的是寫內容，如「關於我」頁面的自我介紹、首頁的品牌標語、服務項目的描述等。這些都可以交給AI來產生初稿！你可以提供一些要點，讓ChatGPT幫你撰寫出流暢且吸引人的段落。例如，「幫我寫一段自我介紹，強調我在市場行銷領域10年的經驗和我熱愛幫助小型企業成長的熱情。」AI會給出一段專業又不失個人風格的文字，你再稍作修改就能上架到網站。

- AI工具自動建站：現在有一些AI驅動的建站平台，可以在幾十秒內生成一個基礎網站，Durable就是一個典型例子。你只需在Durable輸入幾項簡單資訊（例如職業："自由平面設計師"，風格：「現代簡約」），AI便會自動為你挑選合適的網站模板、配置版面並填入範例內容。瞬間你就得到一個架構完整的個人網站，包括首頁、服務介紹、聯絡表單等頁面。一些平台還會幫你生成一個臨時的Logo和對應的色調，讓網站看起來像經過設計。

當然，拿到AI建好的網站後，你應該檢查每個部分，替換掉通用的文字或圖片，使其真正反映你的品牌特色。AI建站的好處是速度驚人、零程式碼門檻，適合沒有技術背景但想快速上線個人網站的人。後續你只需小幅調整，就能擁有一個屬於自己的專業網站。

綜上所述，AI工具幾乎滲透了個人品牌打造的各個環節——from內容創作到形象設計，再到網站架設。充分利用這些工具，你可以把更多時間投入在你的專業領域，同時讓品牌經營變得更有效率。

5. AI提示詞範例

最後，為了幫助你將本章所學立即付諸實踐，我整理了一些實用的AI提示詞範例。你可以直接將這些提示詞複製給AI模型（如ChatGPT），快速生成所需內容或點子，但記著大前提是你需要讓它充份地認識你哦！（詳情請參閱本書前幾個章節）

建立品牌形象：

- 「幫我設計一個品牌形象，包括標語、色彩風格，適合用於科技類自媒體。」
- 「請推薦三種個人品牌定位策略，適合在Instagram和TikTok經營的創作者。」

品牌內容生成：

- 「幫我撰寫一篇LinkedIn文章，介紹我的專業背景與品牌故事，吸引潛在客戶。」
- 「請產出10個適合我品牌風格的Instagram貼文文案，內容與創業技巧相關。」

以上提示詞覆蓋了品牌定位、視覺風格建議，以及社群與職場平台上的內容創作。你可以根據自己的情境調整關鍵字，例如替換行業、平台或風格描述。透過這些AI Prompts，任何人在打造個人品牌時都能快速獲得靈感，運用AI提供的建議來完善自己的品牌形象。善用AI，你將以事半功倍的效率，塑造出一個既專業又有溫度的個人品牌！

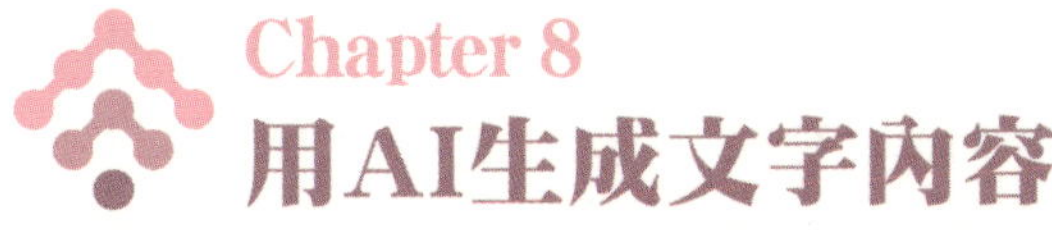

Chapter 8 用AI生成文字內容

AI創作與人類創作的交互

AI工具正迅速改變內容創作的方式，讓創作者可以更有效率地撰寫文章、貼文和腳本，同時也帶來一些新的挑戰和技巧。例如，我們常聽到「AI味」這個詞，用來形容AI寫出的內容帶有的一成不變機械式的風格。本章與大家討論幾個重點：什麼是「AI味」以及如何避免、如何用ChatGPT創作日常社群貼文、如何撰寫短影音腳本，以及其他大型語言模型（如Claude、Gemini、DeepSeek）的比較，最後也會補充ChatGPT的Canvas畫布功能，讓你的社群文案與短片腳本創作更加順手。

1. 「AI味」是什麼？為什麼會有AI味？

所謂「AI味」，指的是一篇文章讀起來讓人感覺明顯出自機器之手，缺乏人的語氣與風格，彷彿少了點靈魂。例如內容過於中規中矩、用詞生硬或模式化，讓讀者一看就懷疑：「嗯，這可能是AI寫的吧！」。造成AI味的原因很多，常見包括：

- 語言太過公式化：AI模型經常給出四平八穩的句子，結構很工整但也很制式，缺少人寫作時那種個人特色或小瑕疵。
- 缺乏情感與個人觀點：由於模型傾向提供客觀、中立的敘述，內容可能少了人類寫作常帶的情緒張力、幽默感或主觀意見。
- 用語和句型重複：AI為求穩妥，常常重複使用類似的詞彙和句型，導致文章讀起來節奏單一，沒有變化（俗稱缺乏「文筆的起伏」）。
- 過度完整且無破綻：乍看是優點，但人寫的東西反而常有點小缺陷或跳躍思考。AI寫的內容往往太過有條理，反而不像真人。

當然，「AI味」並非全然不好。如果你在寫技術說明或資料彙整，AI那種條理分明的風格反而有幫助。但在強調個人風格或與讀者產生共鳴的創作中，太重的AI味可能讓文章顯得呆板，降低讀者的投入感。因此，內容創作者應該學會避免或減少AI味，讓AI生成的文字更貼近人工創作的閱讀體驗。常見的調整技巧包括：

- 調整語氣：在讓AI撰稿時，可以於提示詞中明確要求特定的語氣風格，例如「用幽默口吻回答」或「以對話式的語調寫成貼文」。適當的語氣調整能讓AI寫出的內容更有個人色彩。例如，比起正式地說「我們將討論三點原因」，不妨用口語點的「唔好急，我哋慢慢拆解呢三個原因」。你這樣做，可以讓AI慢慢梳理你的重點之外，還是一個讓AI知道你的性格及習性的方法。

- 加入個人經驗或觀點：如果情境允許，融合自身經驗、小故事或觀察。在AI生成的初稿基礎上，加上一兩句自己的感想或經歷，可以大大降低機器感。因為AI不知道你的親身經歷，這些內容一定是獨一無二的。「我以前也試過……」、「有次我朋友問我……」這類開頭往往讓文章更有人情味。再一次強調，我本人強烈建議大家寫真實的經歷及感想，不要讓AI替你「創作」經歷，所以你可以把它當成朋友，用你的語言告訴AI你的經歷、看法、心路歷程等，就算你說得混亂、沒有結構也沒關係，只要你肯表達，它就可以幫你整理及寫出來。

  我試過有很長的劇本故事想法需要和它分享，希望它幫我整理重點，寫成一個故事大崗。當時我的故事想法很零碎，表達時也未有很強的順序連貫性，我便開啟了語音模式，當它是朋友 / 助手一樣，分享了近十分鐘我想說的故事及想法，它就很快替我整理好了。擅用語音模式或語音輸入也是一個方法。

- 調整句子長短與節奏：AI常寫出長句，而且句型相似，讀久了容易覺得平淡。你可以刻意把一些長句拆短，加些問句或感嘆號，製造出人類寫作常見的節奏感。例如在重點前插入

「真的！」、「然而，事情沒那麼簡單…」這類轉折語氣，讓文章起伏更自然。

- 多樣化用詞：如果發現AI重複使用某些詞彙或詞組，不妨手動或要求AI替換同義詞，或加入幾個口語俗語。像是把「非常有趣」換成「真夠有趣」、「笑死人了」等，更貼近日常對話的表達。這些細微的用詞變化能消除文章的機械感。

- 重寫和潤色：拿到AI產出的初稿後，不要怕花點時間進行二次創作。可以把段落順序調整、更換開頭結尾，或請AI再以不同風格改寫一次。許多AI寫作工具也提供「潤色」功能，一鍵改寫更順暢的人類表達方式。重寫的過程中，記得審視內容是否有你的聲音，確保讀起來像你會說的話。

總之，「AI味」其實就是缺少人味。我們可以把AI當成強大的寫作助手，但最終還是由人來駕馭語氣。適當調整和加工AI輸出的文字，讓它讀起來自然流暢，有個性又有溫度，這樣讀者幾乎感受不到冰冷的機器痕跡。

2. 用ChatGPT創作社交媒體日常貼文

現今許多社群小編、內容創作者都開始善用ChatGPT來發想和撰寫Facebook、Instagram、Threads等平台的日常貼文。利用AI，可以在靈感枯竭時給你建議，或快速產出初稿，大幅節省時間。不過，想讓AI幫忙寫的貼文既吸睛又符合各平台風格，還是需要一些技巧：

- 明確貼文需求給AI：在提示AI時，要清楚說明平台、主題和期望風格。比如「幫我寫一則Instagram貼文，內容關於健康飲食，用輕鬆幽默的語氣，大約50字，附上相關hashtag」。指示越具體，AI給出的貼文越符合你的期望。

- 撰寫吸睛的開頭：貼文的第一句話很關鍵，像貼文的標題一樣，決定讀者是否繼續看下去。可以請ChatGPT先產生幾種不同的開頭句，例如問一個問題、給一個驚喜的數據或使用emoji引人注意，然後從中挑選最抓眼球的。

- 豐富內文與描述：社群貼文通常文字不長，所以每句話都應該有重點。可以讓AI把重點訊息濃縮在幾句話內，同時如果需要描述圖片或影片內容，也一併生成。例如發布旅遊照時，內文可請AI幫忙描寫照片場景的氛圍，讓讀者有身歷其境的感覺。

- 加入Hashtag和表情符號：Hashtag能增加觸及，表情符號則能增添貼文的情感和親和力。你可以直接要求AI「在貼文結尾加上3個相關的hashtag」或「在合適的地方加入表情符號提高趣味」。像IG貼文常會在句尾一口氣列出話題標籤，Facebook則酌情使用。下面是一些ChatGPT提示詞的示範：

提示詞範例：

「請以療癒溫暖的口吻，撰寫一則Instagram貼文文案。主題是分享早晨咖啡時光的心情，文長約三句話。結尾附上至少3個相關的hashtag。」

「為一張在海邊跑步的照片撰寫Facebook貼文文字，語氣積極正能量，開頭一句吸引人注意，中間一句描述跑步的感受，最後一句鼓勵讀者行動。加上#晨跑和#健康生活兩個Hashtag。」

以上兩個提示詞示範中，我們明確告訴ChatGPT貼文的平台（Instagram或Facebook）、內容主題、語氣和結構，甚至指定了要用的標籤。ChatGPT根據這些指示，就能產生初稿貼文。例如IG貼文可能會包含可愛的Emoji和一串Hashtag；Facebook貼文則著重敘事和號召。拿到AI生成的貼文後，別忘了再自行檢查一遍：確定語氣符合品牌調性、沒有不當用詞，Hashtag也確

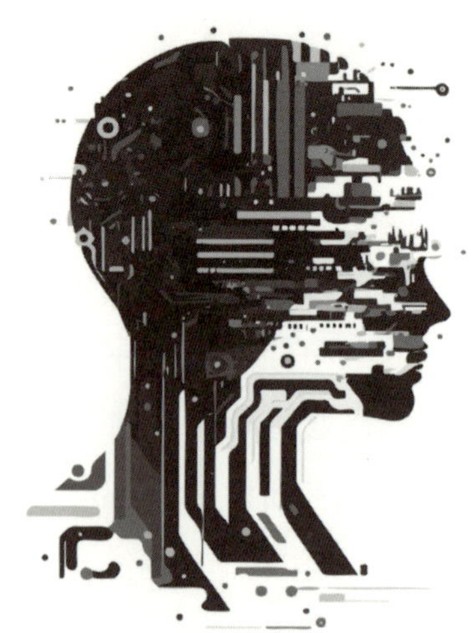

實相關。必要時可以要求ChatGPT調整，例如「再俏皮一點」或「字數再短一點」。如此一來，透過幾次互動，你就能快速得到一篇既有創意又適合社群的平台貼文內容。

3. Facebook/IG Reels、YouTube Shorts 短影音文稿撰寫

短影音（Reels、Shorts等）因為篇幅短、節奏快，在腳本撰寫上有一定的通用套路。通常一支15～60秒的短影片文稿可以分成三個部分：開場引言、重點內容、結尾CTA。我們可以遵循這樣的結構來撰寫，同時也能運用AI來協助產生想法：

- 抓住注意的開場（Hook）：影片開頭的1-2秒一定要吸引人，否則觀眾可能直接滑走。開場句可以是一個引人好奇的問題（例如：「你知道早餐居然決定了你的工作效率嗎？」）、一個驚人的事實或數據（「90%的人早上做錯這件事…」），或者是一句挑戰/承諾（「給我30秒，帶你了解XX祕訣！」）。這部分可以請AI多提供幾種創意開場，一一比較哪個最有衝擊力。

- 清晰有料的重點段落：接下來5～30秒展開主要內容。由於時間有限，建議拆解成3個以內的重點，逐一快速說明。可以是步驟清單、理由清單或一個簡短的故事情境。撰寫時語

句要簡明，最好一句話就講一個重點，方便觀眾消化。你可以讓ChatGPT根據主題產生重點大綱，再針對每點產出一兩句講稿。例如「重點1…；重點2…」這樣的格式，有助於影片後續剪輯時配合字幕逐條出現。

- 明確的行動呼籲（CTA）：短影片結尾通常會有個Call To Action，引導觀眾「按讚、留言、分享或關注」。CTA句子要簡短有力，比如：「想知道更多內容，記得關注我！」「如果覺得有用，幫這支影片點個讚吧！」。這部分其實AI也很拿手，可以讓ChatGPT提供幾種不同風格的結尾語，例如熱情喊話式或幽默收尾式，然後選擇最契合你個人風格的一句。

了解這個通用格式後，我們就能善用AI來加速腳本產出。例如，你可以直接給ChatGPT一段提示詞，要它依照上述結構產生完整腳本：

提示詞範例：

「請幫我撰寫一則30秒的短影音腳本，用於InstagramReels，主題是晨間伸展運動的重要性。腳本需包含：一個吸引人的開場鉤子句、三點簡短的重點說明，以及一句鼓勵觀眾按讚分享的結尾CTA。」

像上述提示詞，ChatGPT生成的結果可能是：

- 開場：先來個勁爆提問或驚喜陳述抓注意力。
- 重點1：起床後馬上伸展能喚醒肌肉……（大約一兩句話）

- 重點2：伸展有助於促進血液循環……（一兩句）
- 重點3：每天只要5分鐘伸展就能提振精神……（一兩句）
- CTA結尾：例如「覺得有幫助就按個讚，關注我獲得更多健康小秘訣！」。

你可以看到，AI已經把各部分草稿寫好。我們要做的就是檢查內容是否正確、順序是否流暢，並依照實際影片需求做微調。善用AI的優勢在於：可以快速產出多個腳本版本供你參考。例如你不滿意開場，可以要求「再給我另一種開場說法」；或者覺得重點太多，請AI把重點減為兩個。透過來回調整，幾分鐘內就能完成短影片的腳本撰寫，接著你只需依稿拍攝即可。整個流程又快又省力，是不是很方便？

4. 在撰寫自媒體內容時，其他大型語言模型的選擇與比較：Claude、Gemini、DeepSeek

雖然ChatGPT是目前最知名的AI文字生成工具，但市場上還有其他大型語言模型（LLM）也各有千秋。在內容創作領域，不妨了解並善用不同模型的強項，選擇最適合你的助手。以下簡介三個常被提及的模型：

- Claude（Anthropic出品）：Claude是由Anthropic公司訓練的模型。它的特色之一是上下文記憶長，能處理非常長的輸入內容，在需要分析或總結長篇文本時特別有優勢。此外，Claude的回應據稱傾向友善穩健，在語氣上偏重禮貌和協作，有點像一個耐心的寫作夥伴。內容創作方面，Claude擅長總結和文風模仿，如果你需要摘要一本書的要點、或仿照某種文體寫作，Claude表現不俗。而且它對敏感內容的把關也相對嚴謹，適合用來產出專業且經過審慎措辭的文稿。不過，目前Claude的使用管道相對有限，一般人可能需要透過特定應用或開發者介面才能使用。

- Gemini（Google開發）：Gemini是Google推出的新一代大型語言模型，屬多模態模型，旨在結合他們現有的AI技術與海量的搜尋數據。它在即時資訊和多語言方面、以及多方功能協作方面絕對是強項。對於內容創作者來說，Gemini能直接接入Google的知識圖譜和搜尋功能，產生內容時引用最新的資訊，減少錯誤。此外，Google風格的模型往往擅長事實陳述和正式報告類的文字，語氣上可能比ChatGPT更嚴謹務實。一些適用場景包括：撰寫需要最新資料的報導型文章、做SEO導向的內容（畢竟Google本家對SEO很熟），或者需要高度精確資訊的技術文件等。簡單說，Gemini是資訊型內容創作的好手。

- DeepSeek：DeepSeek是近年興起的另一款大型模型/平台，主打行銷內容生成和多模態創作。許多行銷從業者提到DeepSeek在品牌文案、腳本編寫以及SEO文章上表現出色。

它的一大賣點是能根據給定的關鍵詞和受眾，產生優化過的內容，幫助提升搜尋排名。語氣或風格方面，DeepSeek據稱可以較好地模擬品牌調性，你可以設定一種人設讓它來寫符合該角色風格的內容（比如活潑年輕、或專業權威）。在需要大量產出內容的場景，如電商商品描述、大量的社群貼文排程、影片腳本腳本庫存等，DeepSeek也是不錯的選擇。總而言之，它傾向於高效率且針對行銷優化的內容生成。如果你的重心在於內容的商業效益（觸及率、轉換率），不妨一試。

當然，以上模型各有不同的介面與價格方案。實際使用時，你可以根據預算和需求彈性選擇。很多創作者，包括我自己，其實會把多種AI工具搭配使用：例如先用ChatGPT起草，接著讓Claude協助潤色長文本，再用Gemini優化SEO關鍵詞等。重點是理解每個模型的長處，才能在內容創作流程中各盡其用，產出最優質的成果。

5. 善用ChatGPT的Canvas畫布功能

ChatGPT的Canvas（畫布）功能是ChatGPT的其中一大特性，它為使用者提供了一個獨立的編輯空間來與ChatGPT協作寫作或編程。與傳統一問一答的對話框不同，Canvas就像是一個可以讓你和AI並肩工作的文件編輯器。在Canvas畫布中，你可以直接編輯文字內容，同時讓ChatGPT根據你的需求對文本進行修改建議，可視化地呈現結果。

使用Canvas很簡單：在ChatGPT對話界面中，當你輸入一些需要深入編輯的請求時，它可能自動建議進入Canvas；你也可以手動在提示中加入「使用Canvas」來啟動。

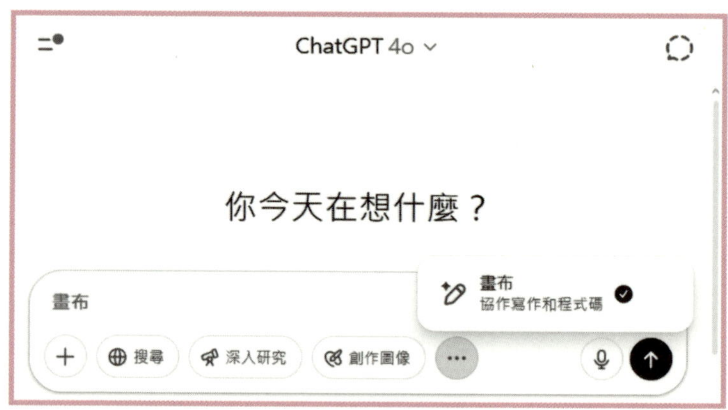

進入Canvas後，把你已有的草稿貼上去，或者直接開始寫。接著盡情使用右鍵菜單或上方工具來讓AI參與編輯吧！舉個例子，如果我們已經讓ChatGPT產生了一篇貼文初稿，在Canvas中你可以：

- 強化語氣：選取貼文中的句子，要求「語氣再活潑一點」。ChatGPT會立刻給出替換建議，例如加入俏皮的語助詞或驚嘆號。

- 插入CTA：在腳本最後空白處，讓AI自動接續一段呼籲觀眾按讚分享的文字。

- 調整順序：直接拖拉段落位置，人機協作重新排列內容邏輯。

ChatGPT Canvas多功能介面：

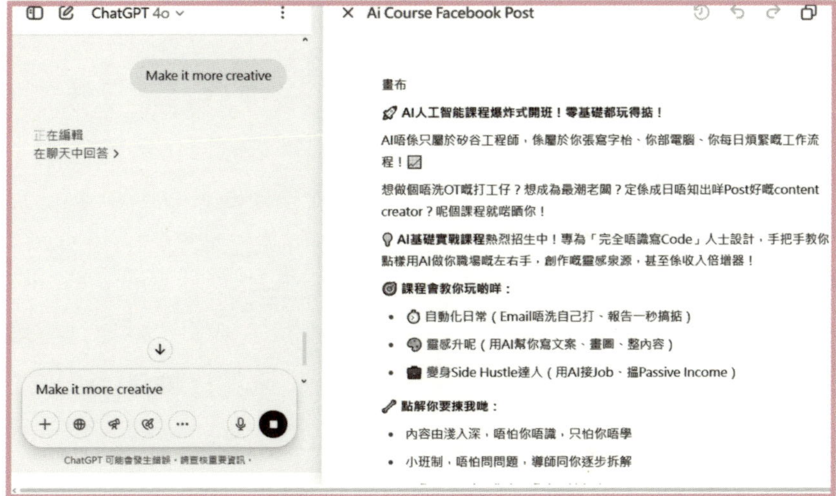

左側是對話與指令區，右側是可編輯的文字文件。在Canvas模式下，我們可以直接在右側撰寫或貼上文章草稿，並利用左側的ChatGPT提示功能或「Ask AI」來優化內容。例如，選取一段文字，呼出「Make it more creative（讓它更有創意）」等指令，AI就會即時在畫布上提出修改建議。

Canvas對於撰寫社群文案和短片腳本特別有幫助，因為它內建了許多實用的快捷功能來加速編輯流程：

- 新增表情符號（Add emojis）：這對經營IG、Threads等平台特別實用！AI會自動在適當的位置加上相關emoji，使貼文更生動有趣。例如談到咖啡時插入一個咖啡杯☕，慶祝時加上🎉等，增強貼文的視覺吸引力和情緒傳達。

- 加入最後的潤飾（Add final polish）：這類似請AI當你的校對，幫你檢查整篇文章的文法錯字、格式、語意連貫等，並進行細節潤飾。使用這功能後，你的社群文案幾乎可以直接發佈，因為AI已經幫你把關了一遍品質。

- 閱讀程度（Change reading level）：如果你的內容希望更口語淺白（給大眾讀者），或相反更專業（給專家讀者），這項功能可以讓AI根據不同受眾調整用詞和句型複雜度。例如把貼文調整到「高中生都看得懂」的程度，確保親和力。

- 調整長度（Adjust length）：不管是社群貼文還是短影音腳本，有時都有字數或時長限制。Canvas 提供一鍵變長或變短的功能。比如覺得腳本超時了，選取全文讓AI縮短20%，或反之延展內容，都能自動完成，省去手動刪減的麻煩。

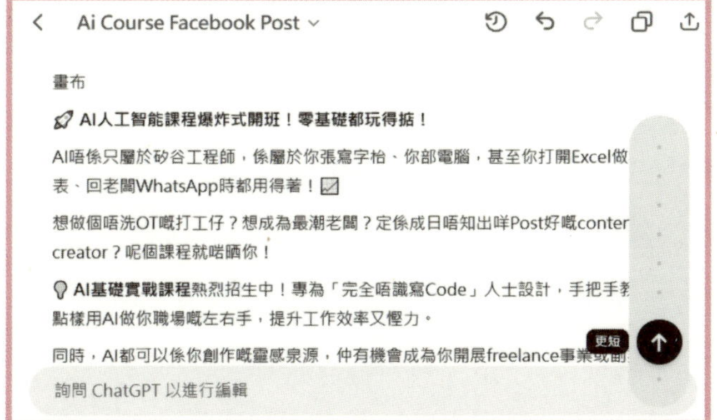

- 建議編輯（Suggest edits）：選取文字後，ChatGPT會在旁邊直接給出針對該段的修改建議或重寫版本，你可以按「申請」。這對找出AI味、生硬措辭特別有用，因為AI可以充當你的即時編輯，幫你把句子變得更順暢或更有感染力。

總之，ChatGPT的Canvas功能讓創作體驗更加直觀、高效。從前我們可能要在對話框裡反覆讓AI產生新版本，然後自行剪貼到文件裡編輯；現在有了Canvas，你可以在同一個界面完成從產生內容到實時編輯的所有步驟。對於需要頻繁產出社群文案和短影音腳本的創作者，這無疑是極大的便利。試著結合本章介紹的各種技巧——避開AI味、巧用不同模型、還有Canvas的加持——相信你的AI創作之旅會更加順暢，源源不絕地生產出既有效率又富創意的內容！

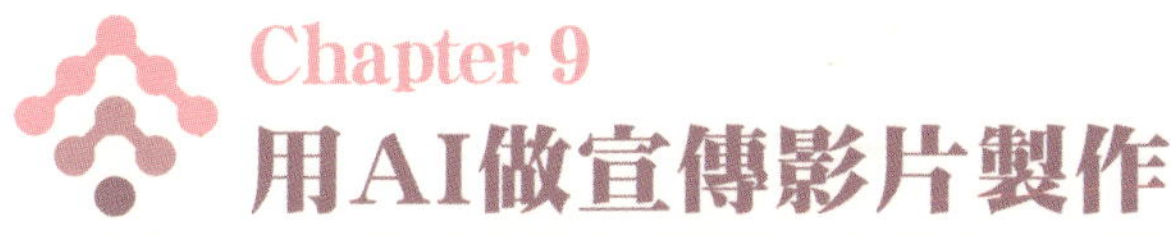

Chapter 9 用AI做宣傳影片製作

在這一章，我們將分享如何運用AI工具快速製作各類宣傳影片。語氣會保持輕鬆、有趣，帶點教學又帶點經驗分享的感覺。每個主題都包含功能簡介、適用場景、為什麼選用該工具、其他工具的限制、詳細的操作步驟、適當的ChatGPT提示語範例，以及小貼士與避雷提醒。讀者只要跟著一步步操作，就能親自實作。讓我們開始吧！

1. 15分鐘產出100條短系列式影片（Canva「大量建立」功能示範：星座語錄）

功能與場景：這項技巧適合需要批量生產系列短片的情境，例如經營社群媒體專頁時，想一次製作一系列風格一致的短影片（本例以「星座語錄」系列為例）。透過Canva的「大量建立」（Bulk Create）功能，我們可以在短短15分鐘內生成上百條影片，內容例如12星座的勵志語錄，每支影片都有相同版型但文字不同，形成一個主題系列。這非常適合每日金句、產品目錄、課程重點等需要大量變化但版型固定的內容。

Canva提供了豐富的影片模板和強大的批次生成功能，比起傳統影片剪輯軟體需要一支支複製修改，Canva可一次帶入資料，自動生成多份設計，大幅節省時間。相較之下，其他工具如一般剪輯軟體或簡報工具沒有內建批次套版功能，製作100條影片可能要重複人工操作100次，效率極低；而Canva的大量建立功能甚至可以在按下「繼續」後一秒內產出所有變體設計！不過要注意，此功能目前只對Canva Pro用戶開放（電腦桌面版），免費用戶可能需要升級方案或申請試用才能使用。

操作步驟：

1. 準備模板：登入Canva，選擇一個影片範本作為樣板。可以搜尋垂直短影片模板，或自行設計一個包含固定背景、動畫效果、以及文字框架的版型。例如我們挑選一個簡約的星空背景短影片模板，文字位置留給「星座名稱」和「語錄」。確保整體風格適合所有變體使用的內容。

2. 開啟「大量建立」：在編輯介面的左側工具欄點選「應用程式」或直接搜尋大量建立（Bulk Create）。點擊後選擇「上傳資料」或「手動輸入資料」。本例我們使用手動輸入，以方便直接貼上ChatGPT準備好的內容。

3. 準備批量資料：打開「大量建立」的資料表格介面，先點擊「清除表格」，然後將游標放在第一列。填上資料：我們需要兩個欄位，例如「星座」和「語錄」。第一列填上欄位名稱，接著每一列輸入一筆內容。例如：

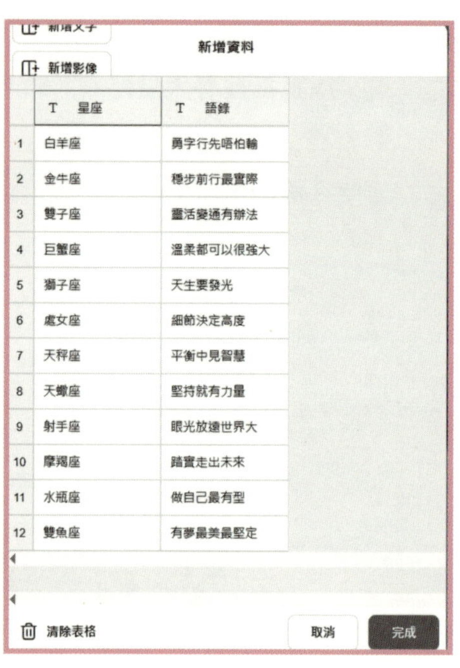

	T 星座	T 語錄
1	白羊座	勇字行先唔怕輸
2	金牛座	穩步前行最實際
3	雙子座	靈活變通有辦法
4	巨蟹座	溫柔都可以很強大
5	獅子座	天生要發光
6	處女座	細節決定高度
7	天秤座	平衡中見智慧
8	天蠍座	堅持就有力量
9	射手座	眼光放遠世界大
10	摩羯座	踏實走出未來
11	水瓶座	做自己最有型
12	雙魚座	有夢最美最堅定

4. 額外方法：我們可以先用ChatGPT協助生成這份表格。例如，請ChatGPT列出12星座名稱並各自給一句勵志語錄，並讓它輸出成表格格式，方便複製。

ChatGPT提示語範例：

「請列出十二星座的名稱，並為每個星座提供一句不超過15字的勵志語錄，以表格形式輸出，欄位包含“星座”和“語錄”。」

取得表格後，直接貼入步驟3的大量建立內的資料表格介面。第一列若沒有自動成為欄名，記得手動輸入「星座」「語錄」作為欄標。

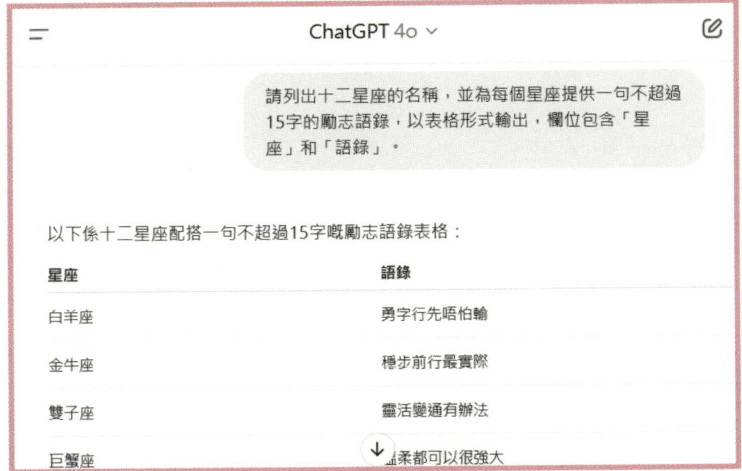

5. 連結欄位與模板：回到設計畫面，選取文字方框（例如模板中的星座名稱文字框），點擊文字方框右上角的選單，選擇「連結資料」，並點選對應的「星座」欄位；再選擇語錄文字框，同樣連結到「語錄」欄位。如果還需要插入變動的圖片（本例沒有，但假如每個星座想用不同圖示），也可以在

資料表中新增圖片網址欄位，模板中放置圖片佔位元，並以相同方式連結資料。值得留意的是，如連接的資料是圖片，圖片需用「圖框」形式滙入，方會見到「連結資料」選項。

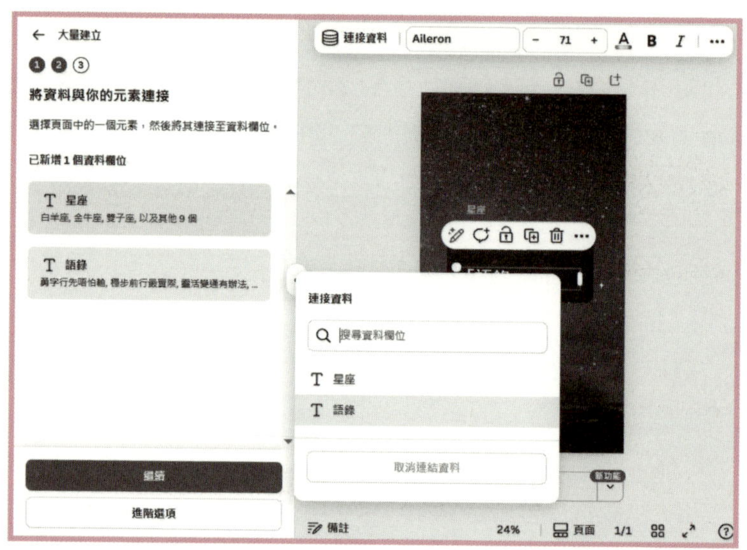

6. 產生影片：欄位連結完成後，點擊「繼續」或「產生」。Canva會自動依據資料表內容，批次生成對應數量的影片頁面。例如我們有12筆資料，就會生成12頁短片。依據資料量，生成大量設計可能需要幾秒鐘，但通常非常快，甚至可能瞬間完成。生成完畢後，所有短影片頁面會顯示在編輯區。逐一檢查每頁的排版，確認長度較長的語錄沒有超出範本範圍。必要時可調整字型大小或文字框大小以適應內容長度。

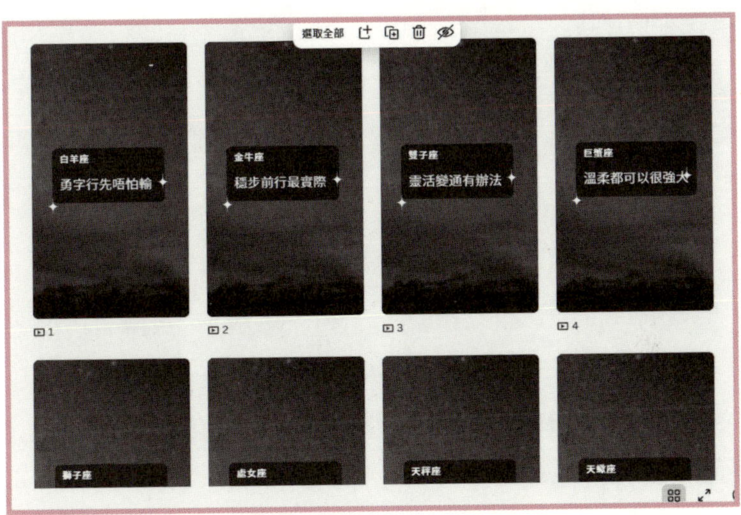

7. 下載或發佈：確認無誤後，點擊右上角的「分享/下載」。選擇影片格式（MP4）並下載全部頁面。Canva會將所有頁面影片打包下載（通常是一個壓縮檔，內含各短片檔案）。你也可以直接使用Canva的「內容計劃」或「社群發布」功能，一鍵排程發布這些短片至你的社群平台。

小貼士：

- 內容來源：批量影片的文字內容可以大量使用AI來生成，但請務必審閱每句語錄，以確保符合品牌調性和沒有錯誤。星座語錄等娛樂性內容可以比較自由使用，但若是專業資訊，還是要確認正確性。

- 帳號限制：大量建立是Canva Pro的功能，若沒有Pro帳號，可以考慮申請30天試用。沒有此功能時，也可退而求其次，利用Excel製作文字清單，再人工多次複製貼上模板，但效率會大打折扣。

- 模板設計：製作批量內容前，花點時間設計好模板很值得。確保關鍵元素（如品牌Logo、片頭片尾、背景音樂等）都已放入模板，這樣生成後就不需每支影片再編輯。

- 避免版面錯亂：如果某些語錄內容特別長，生成後可能導致文字過多而溢出或自動縮小字體。解決方式可以是：限制字數（例如在ChatGPT提示中請它產生不超過幾字的語錄），或在Canva中允許文字自動縮小並手動調整。生成後快速瀏覽每個影片畫面，做必要微調即可。

- 圖片連結：如需每支影片配不同圖片，提前準備好公開圖片網址（或上傳至Canva資料庫取得圖片連結），在CSV/表格中加入該欄位。連結時將模板中的圖片框與圖片欄連結。注意圖片解析度和授權問題，確保使用免版權或已授權的圖片。

2. 一鍵生成科普影片（剪映「圖文成片」功能＋ChatGPT幫助）

功能與場景：想像一下，你有一篇科普文章或產品介紹文案，想快速製作成影片，又不想自己上鏡講解或花時間剪輯。這時可以用剪映（CapCut）的「圖文成片」AI功能：只要提供一段文字，它能自動配對相關畫面、上字幕，並由AI配音生成旁白，幾分鐘內產出一支完整影片！這非常適合YouTube科普、教學影片或商品介紹等需要口白講解的影片，尤其對於不想露臉或沒有專業剪輯能力的創作者。一鍵生成後，稍加修改就能得到一支高質量的短片。但值得留意的是，暫時CapCut內的廣東話旁白生成還未很成熟，如需製作廣東話旁白語音的影片，廣東話部份需於第二個平台生成，再把語音檔放回CapCut。

為什麼選剪映：剪映是抖音國際版的剪輯工具（國內叫剪映，國外版本稱CapCut），免費且強大。它的圖文成片功能屬於剪映的生成式AI工具之一，只需貼上文章內容，就可以自動完成剪輯，大幅降低製作門檻。相比之下，其他的文字轉影片工具也有，如Lumen5、Pictory、VEED等，但很多需要付費訂閱，而且對中文內容的支援不一定理想，有的會有浮水印或素材庫主要是西方取向。剪映則內建豐富的中文素材庫和配音選項，非常適合華語（國語）內容創作者使用。

此外，剪映生成的影片可以離線編輯調整，更靈活。當然，圖文生成目前仍非完美，其他工具和剪映都有一個共通限制：自動選取的畫面和配音雖然方便，但不一定100%貼合你的預期，因此需要人工複查（下面會提到避雷事項）。

操作步驟：

1. 準備影片文案：首先，我們需要一段寫好的科普文章或產品介紹稿件。如果還沒有文案，Capcut也可以幫你完成，但可編輯度很低也不方便，所以大家可以利用ChatGPT來產生並與它更改至你喜歡的文稿。舉例來說，我們想做一支關於黑洞的小科普影片：可以請ChatGPT用輕鬆易懂的語氣撰寫一篇約200字的介紹，並想一個有趣的標題。

ChatGPT提示語範例：

「請用中文書面語寫一篇約200字的短文介紹「黑洞」，內容要淺白易明，並為文章想一個吸引人的標題。」

拿到結果後，檢查內容是否正確無誤，特別是科普資訊要避免錯誤或誤導。若需要，可以讓ChatGPT再進行修改完善。最終準備好標題和正文文字，保存備用。

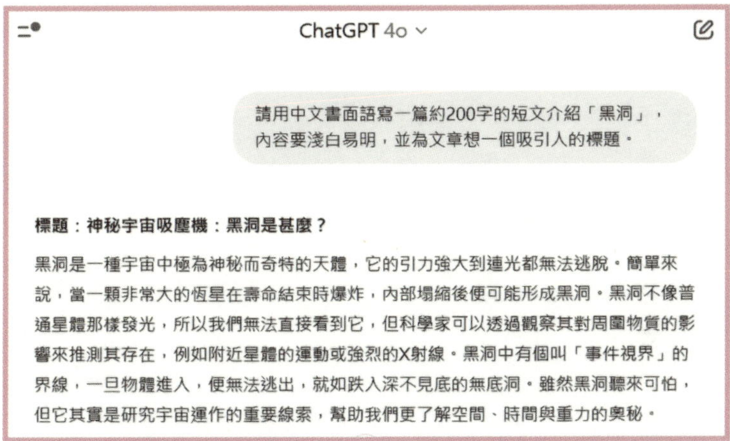

2. 打開剪映並選擇「圖文成片」：在電腦上啟動剪映專業版（確保已更新至含AI功能的版本）。進入主介面後，尋找「圖文成片」功能入口。通常在剪映首頁或工具欄即可看到，點擊進入該功能。

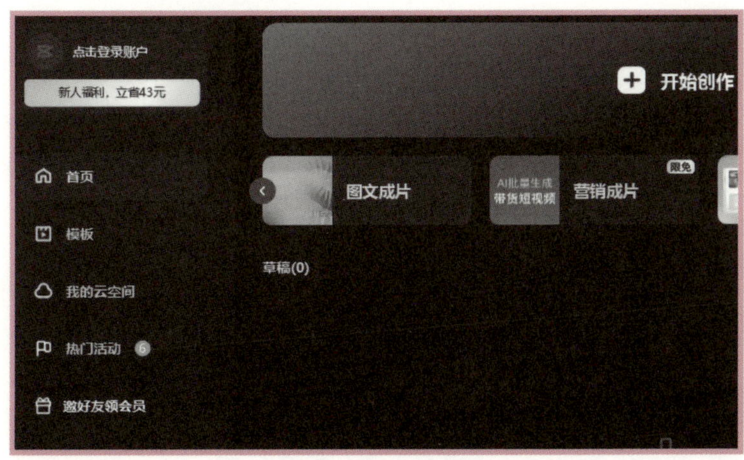

3. 貼上文字內容：在圖文成片介面，按下自由編輯文稿，將剛才準備好的標題和文章文字複製貼上到欄位。剪映此時可能會要求選擇一些設定，例如影片的長寬比例（選擇16:9橫板或9:16直板，看您發佈的平台需要），以及配音的語言/聲音類型。

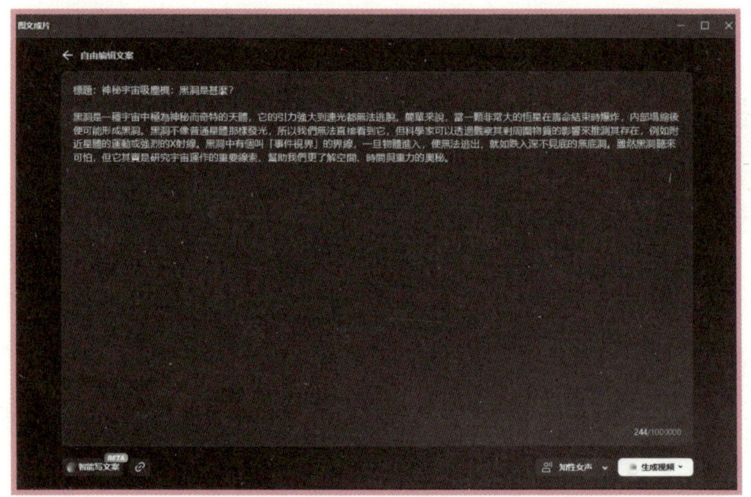

4. 選擇AI配音和風格：剪映提供智能朗讀功能來自動配音。從語音下拉選單中，選擇一位適合你內容的AI聲優和語音風格（普通話男聲/女聲、多種語氣可選）。例如科普影片我們可以選擇一個年輕女性的中文配音，聲線親切自然。確認文字無誤後，點擊「生成影片」。剪映會開始分析文字，這個步驟中，它會自動從素材庫挑選相關的圖片或影片片段來搭配旁白內容，並加上字幕和過場效果。整個生成過程通常不用太久，視文章長度，可能數十秒到幾分鐘即可完成（一支100-200字的影片生成速度不到2分鐘）。

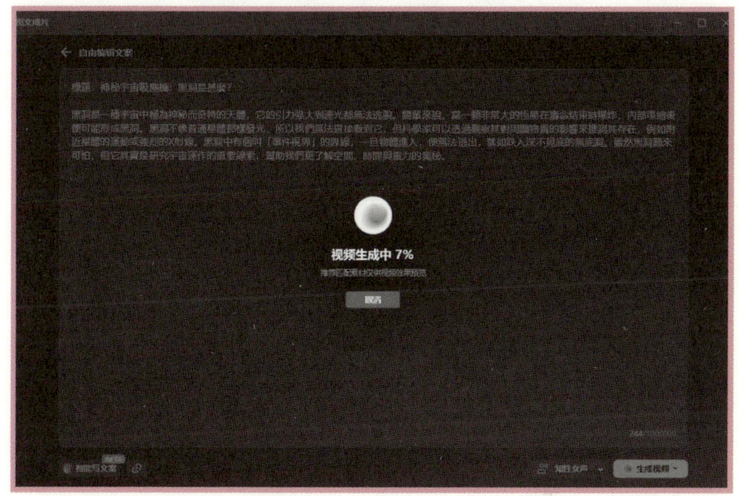

5. 審視初步影片：生成完成後，剪映會跳出一個編輯介面預覽自動剪好的影片。播放看看效果：AI會幫我們加上背景音樂、圖片/影片片段以及配音旁白和字幕。整體來說已經是一支完整影片了。但這時請仔細檢查：畫面與講述內容是否吻合？字幕是否正確？背景音樂音量是否合適？通常自動生成的結果需要一些微調：

- 替換或調整畫面：剪映會根據文字中的關鍵詞上網搜尋素材，但自動選的片段可能與您的預期不符或品質一般。例如提到「黑洞」時，也許配的是夜空畫面，但你可能更希望出現科幻動畫黑洞圖。這時可以在右側素材庫搜尋更精確的影

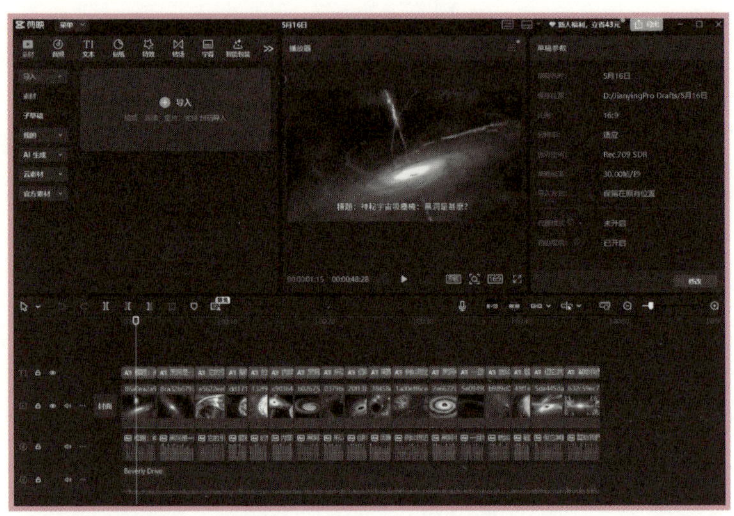

片片段或圖片，拖到時間軸上替換掉AI自動插入的素材。對於不需要的畫面片段，可以直接刪除。

- 配樂與音效：自動影片通常有背景音樂，但風格可能不理想。可以自行更換更適合主題的音樂，或調低音量以免搶過旁白聲音。若不需要背景音樂，可以刪除配樂確保旁白清晰。

- 字幕與文字：剪映會自動為旁白加字幕，但有時標點或斷句不佳，也有可能是全簡體字編寫的字幕。你可以在剪映的文字軌道中編輯字幕文字，調整措辭讓字幕更易讀，如想轉做繁體中文字，可以選擇刪減字幕，用「文稿匹配」功能，直接放入第一步時你已在手的完整繁體字文稿，重新替你上正確的字幕。此操作會於本章第六部份詳講。

- 鏡頭節奏：檢查每個畫面停留時間是否合適，若某段講解較長卻一直停留同一張圖片，觀眾可能覺得無聊。可適當增加切換：剪映通常會自動切分段落，如果需要可以自行拆分一段文字成多個片段，為不同子句配不同畫面。

6. 輸出影片：完成上述調整後，播放預覽確認滿意。然後點擊導出/輸出選項。選擇解析度（至少1080p HD，確保畫質清晰），格式選MP4，點擊導出。稍待片刻，影片檔就會輸出到您電腦上。現在這支科普影片就大功告成，可以上傳到YouTube、微博或其他平台與觀眾見面了！

小貼士：

- 審核版權：剪映自動搭配的圖片/視頻素材來自網絡搜尋和第三方庫。這些素材僅供影片效果參考，在非商業用途下問題不大，但如果用於正式公開宣傳，建議替換為自己擁有版權的素材或無版權影像，以免觸及版權風險。配樂也是同理，可使用剪映內建的免版權音樂或其他授權音樂。

- 確保內容正確：ChatGPT幫你生成的科普文案，一定要自身有基本知識去判斷對錯。AI可能產生不正確的資訊（例如科學數據、歷史年份等錯誤）。千萬別不經驗證就發佈，尤其是科普類影片，內容錯誤會影響專業信譽。必要時，找可靠來源交叉驗證，或讓ChatGPT列出資訊來源。

- 善用ChatGPT修飾：自動影片生成後，如果覺得某段講稿不夠生動，可以回到ChatGPT調整文案語氣，再在剪映中替換旁白文字重新生成該段影片。小幅修改文字內容再生成，剪映通常會更新配對的畫面和語音，可重複嘗試直到滿意。

- 法律與平台規範：如果內容涉及敏感議題或轉載他人文章，一鍵生成可能不適用。AI配音雖方便，但在某些平台上可能需要標示「AI合成聲音」。另外，如營運抖音、小紅書的朋友要留意，中國大陸地區目前對AI合成影像有出臺管理辦法，商業用途前要確保遵守相關法律規範。

- 其他工具補充：除了剪映，國外的VEED.io也推出了類似的AI文字轉影片工具（在ChatGPT內稱為Video GPT），操作上也很簡單。然而VEED的免費方案有影片長度和水印限制，而且自動配樂/配音對中文支持一般。如果主要製作英文影片，VEED是不錯的雲端選擇；但對於中文內容，一般還是剪映更勝一籌。

3. 虛擬自己代表上鏡：数字人（HeyGen数位分身應用）

功能與場景：不喜歡上鏡頭又希望影片裡有真人出現怎麼辦？這時可以考慮用AI數字人（AI Avatar，也稱虛擬人）來代替真人出現在影片中！簡單來說，就是讓一個由AI驅動的虛擬形象幫你說話、講解。無論是拍產品介紹、課程講解或公司宣傳，都可以用數字人當主持人。HeyGen平台提供大量預設的數字人角色，你可以選一個跟你形象相符的虛擬主持人，輸入講稿後生成他對鏡頭說話的影片。這樣一來，你的人像出現在影片裡，卻不需要自己拍攝，非常適合害羞不上鏡的創作者、或需要多語言版本（AI主持人可切換語言）的影片。例如你想打造一系列教學影片，由數字人講師講課；或企業老闆不方便親自拍攝，就用虛擬形象來傳達口訊。

HeyGen簡介：

HeyGen是近年興起的AI影片生成工具，以寫實的數字人聞名，在之前的章節我們已提及過它的形象照生成功能，今篇重點說說它的數字人影片製作。它的優勢是真人感非常強，平台本身已提供多種不同外觀、年齡、種族的虛擬角色可選，當然我們最主要用的還是把我們自己變成數字人代替我們拍攝。而且它支援包括中英在內的多語言配音，口型會隨語言調整。相較之下，其他數字人方案例如Synthesia雖然也很專業，但價格高昂主要針對企業，用戶自訂彈性較低；D-ID則可以讓照片開口說話，但角色動作較單一、不夠多樣。

剪映最近也內建了「AI數字人」功能，但目前角色選擇和細膩程度仍不及專門平台，價錢也不大眾法。而HeyGen則是在易用性、價錢和效果上取得平衡，只需在雲端操作，不用高階設備。HeyGen讓任何人都能輕鬆擁有一位虛擬代言人來出現在影片中。

小貼士：

- 腳本撰寫技巧：使用數字人，腳本語句宜簡短明瞭，句子不要太繞口，否則AI配音可能斷句不當。你也可以在文字中加入適當的標點停頓（例如逗號、分號）幫助AI語音拿捏語氣。若有專有名詞或英文單詞，確保拼寫正確，以免發音錯誤。

- 選擇合適的角色：如你不想用自己的外貌，可選擇製作一個新的人物角色出來代表你公司，就好像我的YouTube頻道內「AI世界新聞快訊」內的主持「小艾」一樣，她是我創造出來的人物。

我創造的虛擬人物——小艾

建議創造一個形象氣質與您或品牌相符的，而非一定要外貌與你相似。重要的是觀眾能接受這個數字人代表你公司。你也可以明確告知觀眾這是虛擬代言人，以免誤會。

- 語音與口型：目前AI數字人技術雖然進步許多，但口型匹配有時還是略有瑕疵。如果發現某幾個字口型對不上，可以嘗試調整發音相近的字詞替換腳本，或在問題字旁加空格讓AI重新斷詞。有些語言聲調也可能讓口型看起來不自然，這是普遍現象，觀眾稍加留意可能會發現，但大多數情況下整體效果還是能令人滿意。

- 避免過度手勢：數字人通常上半身較固定，只會微微有說話的肢體動作。如果腳本加入太多需要強烈肢體語言的橋段（比如「姆字一個大大的讚」這種），虛擬形象無法真的做出相應動作，呈現上可能比較呆板。所以劇本內容上避免描述具體肢體語言。

- 其他方案參考：除了HeyGen，一些平台也開始提供類似服務。例如剪映國內版已推出付費的個人數字人製作，約￥49人民幣即可定制虛擬分身；不過該服務目前局限在剪映生態中，靈活度稍弱。國際上Synthesia是大廠，但其個人訂閱較昂貴且角色較制式。D-ID則可以讓您上傳自己頭像照片生成虛擬人影片，但只有頭部在說話，沒有身體動作，適合做頭像講話的小片段。綜合來說，追求逼真和靈活，HeyGen暫時仍是目前的佼佼者。

4. HeyGen訓練專屬數字人教學

現在我們進階一步：訓練一個專屬於你的AI數字人分身，用在產品推介影片中。也就是說，我們可以讓AI學習你的外貌（甚至聲音），打造一個和你幾乎一模一樣的虛擬代言人！就好像我頻道中的AI Rannes一樣。

接著，這個數字人可以出現在各種產品影片裡介紹商品，好像你親自出鏡一樣。想像一下，你是網路賣家，需要為數十樣商品各錄一支講解影片，有了自己的AI替身，你不用每次都親自上鏡錄影，只要打一段介紹詞，虛擬的「你」就會唸出來並同步做出口型。這對於產品量多、更新快的商家，或個人品牌想打造IP形象的人，非常有用。例如電商網站的產品講解影片、人員培訓影片裡老闆出現講話，甚至YouTuber可以有自己的虛擬分身同時產出多語言版本的介紹。

HeyGen提供了自訂數字人的功能，只需上傳幾分鐘你的影片素材，就能訓練出一個栩栩如生的虛擬替身。相比之下，其他解決方案要麼無法自行訓練（只能用平台預設角色），要麼需要大量素材或昂貴費用。例如Synthesia的自訂角色需企業方案，而且通常只讓你用其系統而無法下載自由使用；一些開源Deepfake方案雖能訓練模型，但技術門檻高且需要強大硬體支持。HeyGen的雲端服務則是包辦繁重訓練，你只要提供素材並付相應費用，就能得到專屬虛擬人。此外，HeyGen還允許在影片中加入自訂背景或圖片，適合產品推介時在旁邊展示產品圖片或型錄，讓數字人和產品同框，增加說服力。

操作步驟：

1. 拍攝訓練素材：首先，你需要提供一段自己出鏡說話的影片給HeyGen作為訓練素材。官方建議約2分鐘長度的純色背景正面拍攝影片最佳。內容可以是你對著鏡頭朗讀一段腳本（HeyGen可能提供一段通用腳本給你讀，以涵蓋各種發音）。確保影片中光線均勻、表情自然、口齒清晰，並且背景簡單（最好是純色或綠幕）以方便模型提取你的肖像特徵。如果希望連聲音也一同複製，確保錄音品質良好、無雜音。拍好後，準備好這段影片文件。

2. 上傳並訓練數字人：登入HeyGen，找到自訂Avatar（自訂虛擬人），或類似的功能入口（網站的版面經常更改）。按照指示上傳你剛剛拍攝的影片。你可能需要等待一段時間讓系統進行訓練，通常幾小時內會完成，期間你可以先做別的事情。HeyGen會透過你的影片來建立一個數位克隆，人臉及嘴型動態會學習自影片中的你。完成後，你的個人數字人就會出現在帳號的Avatar名單中。選取它，可以預覽一些示例句子，看AI替身的樣貌及聲音效果。

3. 準備產品介紹腳本：確定有了虛擬分身後，接下來為某個產品撰寫推介詞。劇本應包含產品名稱、主打賣點、使用方法或推薦語等，長度控制在30秒～1分鐘口播為宜（約100-200字）。語氣上可以親切熱情一點，畢竟是介紹產品，帶點銷售的感覺但不要太硬銷。當然，可以交給ChatGPT來寫初稿，再自行潤色。

ChatGPT提示語範例：

「我需要一段約150字的產品介紹稿。產品是一款智能保溫杯，賣點是24小時恆溫、APP控制和時尚外觀。請用熱情推薦的語氣撰寫，最後一句邀請觀眾了解更多。」

拿到稿子後，確認專有名詞（如產品名稱）拼寫正確、特色都提及，然後準備好最終文字內容。

4. 生成產品推介影片：回到HeyGen平台，這次在創建影片時，選擇你訓練好的專屬數字人作為演講者。將剛才產品介紹的文字貼入腳本欄。語言選擇中文（繁體）。聲音方面，如果你的數字人有克隆聲音功能且效果滿意，可以使用自己聲音（這取決於HeyGen是否從訓練影片中提取了聲紋。有的情況下可能只克隆外貌，聲音還是要選AI聲音）。如果沒有自己聲音，就從聲音庫挑選一個接近你音色的。確認無誤後，點擊生成影片。HeyGen將生成你的虛擬分身介紹產品的影片。

   因Heygen的中文（特別是廣東話）的生成有時會出現奇怪發音，如果因為那一兩個字而重新生成好像有點浪費時間及Credit，所以我個人比較喜歡直接自己把文稿錄一次，或用其他廣東話聲音生成平台（例如cantonesevo.com / Minimax）製作出聲音檔，再把聲音檔交給Heygen做我的虛擬人物影片。

5. 加入產品圖片/影片：產品推介通常希望展示產品本身。有幾種方式可以做到：

- 背景展示法：最簡單是直接將產品圖片作為背景。HeyGen支援在背景放一張圖——你可以在生成影片時，上傳產品的宣傳圖片當背景，虛擬人就像在圖片前講解。這方法適合產品圖片中間有留空間，不然數字人可能擋住部分畫面。

- 畫中畫展示法：另一種是在後製時進行。先讓數字人影片背景用純色（方便後製去背），生成影片後，用影片剪輯軟體（如剪映或Premiere）把虛擬人影像疊加到產品畫面上。例如產品圖片放大至全螢幕，然後把數字人影片縮小放在角落作為講解者畫中畫。同步調整時間軸，確保當數字人講到某功能時，畫面正好展示該功能圖。這需要一些剪輯功夫，但效果專業。

- 切換鏡頭法：你也可以錄製產品的實拍片段（如旋轉展示杯子），之後與數字人影片剪輯交叉。例如先是數字人出現打招呼，然後畫面切換到產品特寫（旁白仍在講解那些特寫點），再切回數字人做結尾號召。這需要將HeyGen輸出的旁白聲音和影片放入剪輯軟體，再插入產品片段，對齊旁白內容。

選擇哪種方法取決於你的資源與技能。對於零剪輯經驗的人，背景展示法最簡單直觀。只要圖片適當，直接生成一次到位。

小貼士：

- 訓練素材品質：提供給HeyGen的訓練影片品質越高，虛擬人的效果越好。務必用高清攝影、穩定畫面、充足燈光拍攝。尤其是臉部表情和嘴型要清楚呈現，這會直接影響生成模型的擬真程度。

- 訓練時間及成本：自訂虛擬人通常不是即時完成的，可能需要一至幾小時不等才能使用。部分平台會收取額外費用。一旦訓練成功，您的模型通常可以無限次使用於影片生成，但也請遵守平台關於肖像使用的政策。

- 聲音效果：如果HeyGen沒有複製您的聲音，也別擔心。選一個相近的AI聲線，多聽幾個找到最像的。有需要的話，未來也可以考慮使用AI聲音克隆工具先複製聲音，再把音頻與虛擬人影像合成。不過那樣流程更繁瑣，此處建議先用內建聲音完成任務。

- 產品素材版權：在影片中使用的產品圖片或影片，要確認您有權使用（畢竟這多半是你自己的產品應該沒問題，但如果引用其他來源畫面一定要注意授權）。

- 真實與虛擬結合：當您的數字人足夠逼真時，觀眾可能一開始察覺不出是AI。但誠信而言，您可以在描述中註明這是AI數位分身代言，以免有人感到被誤導。長遠來看，真實本人偶爾出鏡搭配數字人，可以增加親和力，又保持產量，達到最好平衡。

5. AI化妝影片（剪映一鍵美妝特效）

有時候我們錄完影片才發現狀態不佳、素顏出鏡略顯疲態，或者想嘗試不同妝容效果再決定成片風格。這時候可以利用AI化妝功能來給影片中的人物「後期上妝」。剪映提供了一鍵美顏美妝的特效，能自動辨識人臉並套用各種妝容（例如口紅、眼影、粉底效果），讓你在影片中看起來像化了精緻的妝一樣！這對於短視頻博主、帶貨主播非常實用：不用每次花時間化全妝，只要素顏錄影，後製再加上適當的妝感即可。而且還能嘗試各種風格妝容，像新娘妝、舞台妝等，看看效果如何。

剪映的美顏美妝功能相當強大且易用。原本靜態圖片可以用美圖秀秀等修圖軟體「補妝」，但影片是動態的，用傳統方法逐幀修飾不現實。剪映內建AI人臉識別，能追蹤臉部在影片中的移動，自動套用妝效。而且剪映的美妝特效是即時預覽的，方便調整強度。相比手機上的一些濾鏡App（例如Snapchat、抖音特效）需要拍攝時套用，剪映讓你在後製階段也能加妝容，彈性更高。而如果用專業軟體如After Effects，要實現類似效果需要安裝插件和繁複的調節，剪映則幾個點擊就完成，非常適合不熟悉後製技術的人使用。

至於限制方面，目前AI美妝對於畫面中多張人臉可能較難逐一區分細緻上妝，而且極端角度或遮擋下效果會下降，這些都是AI化妝共同的難題。

操作步驟：

1. 載入影片：在剪映中導入你要處理的影片，將其拖到時間軸。確保影片中出現的人臉清晰可見。

2. 打開美顏美妝功能：在剪映編輯介面上方的功能選單，尋找「美顏」或「美體」等按鈕（不同版本介面略有差異，通常在「畫面」內）。點擊進入後，你會看到「美顏」、「美型」、「美妝」等選項卡。切換到「美妝」。

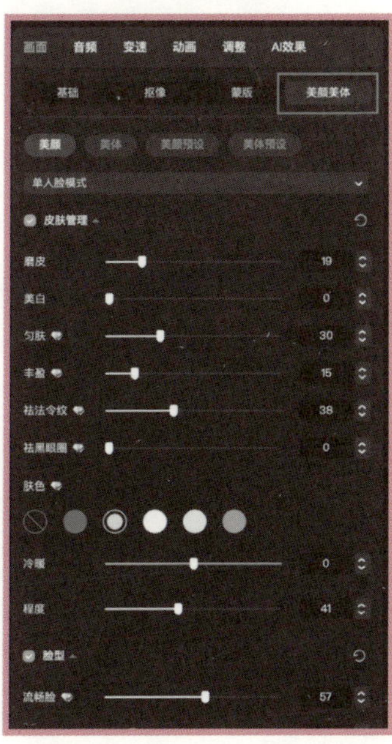

3. 選擇妝容套裝：在美妝面板中，剪映提供了一系列妝容樣式可一鍵套用（有點像相機濾鏡的預設妝容）。瀏覽列表並點選一款你想要的妝效。此時預覽窗口會立即顯示影片中人物上妝後的效果。你可以播放幾秒看效果隨動作是否穩定。

4. 調整強度：每種妝容預設都有一定的濃淡程度。剪映通常提供一個滑桿讓你調節美妝效果的濃度。拖動滑桿可以讓妝感更濃或更淡。建議從適中開始，看起來太假就減弱，到幾乎看不出則可以稍微加強，力求自然。例如口紅和腮紅太重會明顯假面，適度降低可更真實。

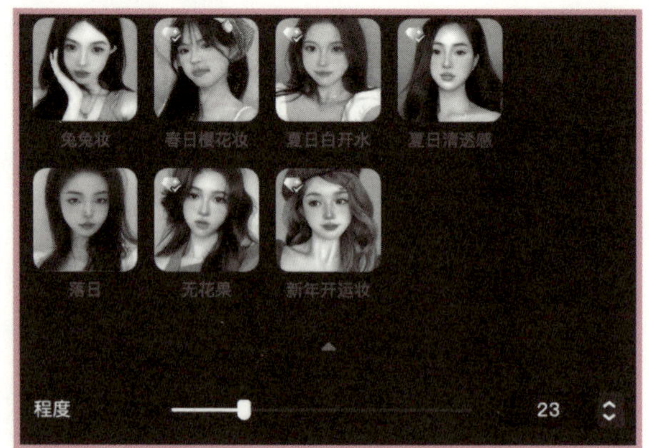

5. 確認套用：調整滿意後，不需要按下任何確認按鈕就完成了。剪映會將這個美妝效果應用到整條影片的同一人像上。如果影片裡多個人臉，可能需要選取目標人臉（有的版本會自動識別多臉讓你選要套用誰）。

6. 預覽與導出：最後，重新播放整段影片，留意幾個重點：妝容有無在某些幀突然消失或錯位（如果人臉轉動角度過大可能導致短暫跟不上）；妝的顏色是否與背景光影搭配（有時可透過調節影片濾鏡輕微改變色溫來襯托妝容）。如果一切看起來OK，就可以直接導出影片。導出後的影片將保留這個AI妝容效果。

7. 實用小技巧：除了化妝，剪映的美顏功能還可以一鍵瘦臉、放大眼睛、祛痘等等。但建議適度而為，過度美化會讓觀眾感覺不真實。尤其宣傳影片講求誠懇專業形象，基礎的膚色均勻和淡妝即可，不宜修得判若兩人哦！

6. AI生成字幕（剪映自動字幕 + ChatGPT優化繁體書面語）

製作宣傳影片時，加上字幕能大大提升觀眾的理解力和觀看體驗。尤其在社群平台上，很多人習慣靜音觀看，字幕就成了傳達資訊的關鍵。但手動聽打字幕既耗時又枯燥。好消息是，剪映具備自動識別語音生成字幕的功能，只要影片語音清晰，就能一鍵轉成文字。但是機器轉出的字幕通常和口語一樣，有口語詞彙、簡體字，甚至錯字。我們可以進一步用ChatGPT來優化字幕文本：將剪映轉出的字幕改寫成正式的書面語繁體中文，讓字幕看起來專業又易讀。這套組合非常適合講解類、訪談類影片，需要精準中英文字幕的創作者。

很多平台都有自動字幕功能，例如YouTube自動生成英文字幕或抖音自帶字幕。但剪映的好處是直接在影片剪輯軌道上產生字幕塊，方便我們邊編輯影片邊校正字幕。且剪映的語音識別支持多種語言包括中文，識別率相當不錯，錯字率低，速度也快。相比手動逐句輸入，節省了絕大部分工作。其他替代方案如

Adobe Premiere也有自動轉寫，但需要訂閱且介面複雜；第三方轉寫工具（如IBM Watson、Google Speech-to-text）則要求導出音頻、技術整合，對一般創作者不夠友好。剪映作為免費工具，直接在軟體內完成識別非常方便。而搭配ChatGPT則能把語音系統逐字轉寫的口語句子轉成觀眾看著舒服的文字。這比單純人工去修改要輕鬆很多，也更符合書面語法。

操作步驟：

1. 自動識別字幕：在剪映中打開已剪輯完成的影片。點擊上方功能中的「字幕」選項，然後選擇「智能識別」功能。通常會讓你選擇語言，選擇影片中講話使用的語言（例如中文）。確認後，點擊開始，剪映會自動播放影片並進行語音識別。幾十秒後，就會在時間軸的文本軌道上生成整段影片的字幕塊，每一行字幕對應時間段都已對齊好了。你可以點擊字幕在預覽窗看效果。

2. 初步校對：雖然稍後用ChatGPT優化文字，但還是先簡單瀏覽一遍自動字幕，特別注意專有名詞和數字是否正確。比如品牌名稱、人名、技術術語，有時AI會聽錯或以錯誤的字呈現。如果發現明顯錯字，現在就可以在剪映中點擊該字幕塊直接編輯修正。因為ChatGPT若拿到錯字文本也無從辨別正確含義，所以先把硬性錯字改掉。例如「Wifi」聽成「外賊」，這類離譜錯誤要先改正。

3. 導出字幕文本：接下來需要將字幕文字拿去給ChatGPT。剪映專業版提供匯出字幕的功能：在字幕面板或文件菜單中，尋找「導出字幕」，格式選擇TXT（因為此步驟中我們不需要有時間資料的SRT檔）導出後打後導出文件，就能看到所有字幕句子的文字，複製文字到ChatGPT進行優化。

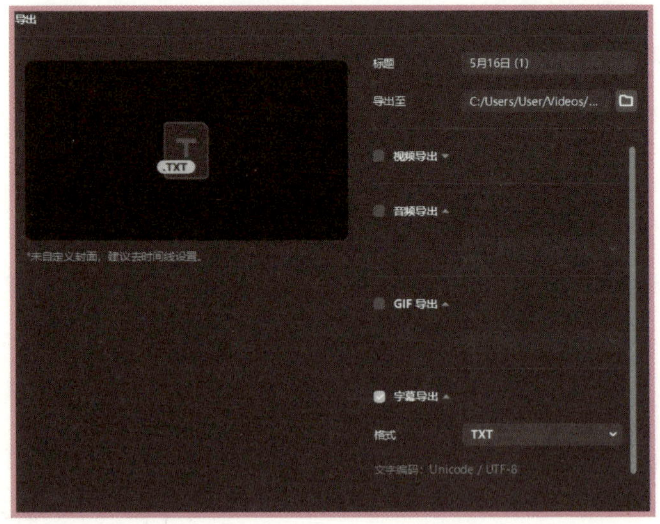

ChatGPT優化字幕：

將上述字幕全文複製，打開ChatGPT（或其他大型語言模型介面），輸入適當的指令請其進行轉換。目標是加上適當標點、改為繁體、調整用詞更書面化。

ChatGPT提示語範例：

「請將以上影片的字稿轉換成繁體中文的正式字幕文字，每句話斷句清晰，加上適當的標點符號，盡量使用書面語。」

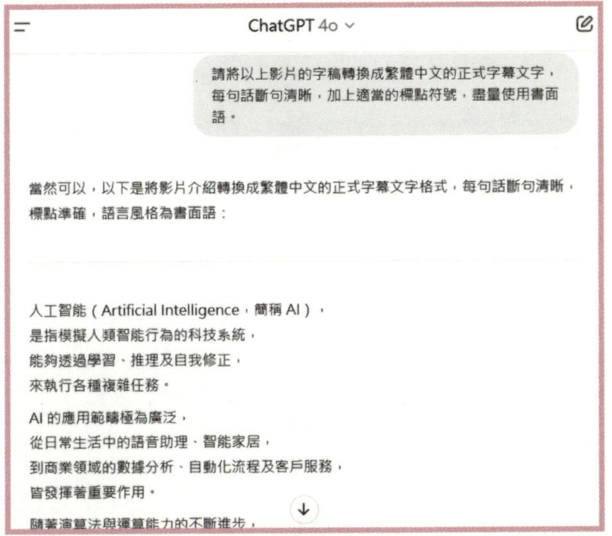

我們請求繁體中文、正式字幕格式。ChatGPT會輸出一段改寫後的文字。

審視ChatGPT給的文字，確認意思無誤、語氣適合。如果有需要，可以再要求它調整（例如保留某些口語風格不改）。

4. 替換字幕：回到剪映，找出文本-》智能文本-》文稿匹配功能（每個剪映版本功能名稱及位置可能會有少許不一樣，找出近似意思的功能）將ChatGPT整理好的整份文字稿貼在這個欄位，剪映就會開始替你重新上字幕。注意保持斷句跟時間同步：如果ChatGPT把一句拆成兩句，而剪映原本是一行，可能需要我們在剪映中手動拆分那行字幕，或調整一下時間軸。舉例：原字幕「隨著演算法與運算能力的不斷進步，AI不僅大幅提升了工作效率」可能是一整行，但ChatGPT改成兩句「隨著演算法與運算能力的不斷進步，/ AI不僅大幅提升了工作效率」。那我們就要在剪映時間軸

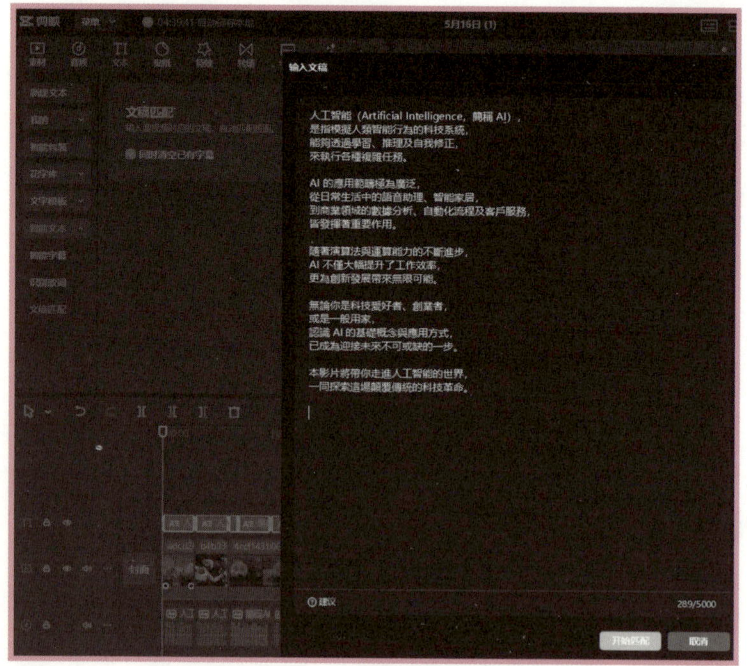

將這一行字幕一分為二，使得上半句和下半句分開顯示。幸運的是剪映提供拖動調整字幕長度的界面，非常直觀。按照ChatGPT的斷句逐一對應調整。

5. 完成校對與樣式：所有字幕文字替換完畢後，播放影片檢查字幕同步和內容。現在字幕已經是繁體中文書面語，專業又清晰。如果想要美觀一點，可以在剪映裡設定字幕的樣式（字體、大小、顏色、背景等）。例如選用一款易讀的繁體字字體，字體顏色搭配影片色調等。這些剪映都有模版可選或自定義。

6. 輸出成品影片：最後，將帶有漂亮繁體字幕的影片進行導出。建議輸出時嵌入字幕在影片中（即所見即所得），因為我們已經優化過字幕了。如果還需要製作字幕檔（例如給YouTube上傳獨立字幕），這時可以再導出一份SRT，確保裡面文字是繁體的。

小貼士：

- 字幕斷句規則：上字幕時，一般建議每行不超過兩層字幕，每行不超過約15個字為佳，過長觀眾讀起來吃力。所以在ChatGPT優化時，可以要求它每句不要太長。也可在剪映中手動調整，確保長句切成兩行字幕顯示。

- ChatGPT繁簡轉換：如果剪映識別出來的是簡體字，記得在提示中要求繁體。ChatGPT對繁體的掌握通常沒問題，但偶有用詞偏大陸習慣（比如「視頻」），可自行將這類詞改為本地說法（如「影片」）。可以把這要求也一併在提示中說明，讓它用台灣或香港常用詞。

- 口語與書面語：有時我們希望保留影片的口語風格，不要完全書面化。例如一些俏皮的語氣詞「嘛」、「喔」可能想留著。可以在ChatGPT生成後，手動斟酌哪些口語詞要保留，再改回字幕中。避雷提醒：直接全部書面語有時會讓影片少了親切感，因此視情況拿捏，必要時不要過度正式。

- 多語言字幕：ChatGPT不僅能優化中文字幕，翻譯能力也很強。如果您還需要英文字幕，可以讓ChatGPT將整理好的中文字幕翻譯成英文，然後同樣對照時間軸新增一條英文字幕軌道。要注意中英長度不同，時間軸可能也要調整。剪映目前可能不支援雙語同顯的自動排版，但可以透過手動在不同位置顯示兩行字幕實現。

- 審閱最終成果：輸出前仔細看一遍影片，特別注意字幕是否對應正確的聲音，沒有延遲或過早消失的情況。ChatGPT優化後的字幕有時字數變多或變少，要相應調整時間軸以匹配講話節奏，確保觀眾閱讀順暢。全部確認無誤，再發佈影片，專業度將提升一個檔次！

以上六個主題，就是利用AI工具進行宣傳影片製作的秘訣分享。希望這些步驟和技巧能讓你在實作時順利上手，大幅提升影片產出的效率與品質！

Chapter 10 用AI製作付費內容與線上課程

1. AI快速製作電子書

想像你已經有一堆珍貴的筆記、部落格文章或課程講稿，希望整理成一本結構良好的電子書出售。以往可能需要耗費數週編輯，但現在透過AI可以在幾小時內完成初稿。許多創作者其實早有足夠內容可以集結出書，卻尚未行動；把過去的優質內容打包成電子書有多項好處，例如高CP值（可長期持續銷售）、製作簡單（內容源自現有文章）、以及靈活運用（可作為活動贈品），以下介紹如何運用AI工具快速完成電子書的製作：

1. 蒐集與整理素材：先將你已有的內容彙整好，例如課程逐字稿、專題筆記、部落格文章列表等。建議集中到一處（如Notion文件或Google文件），方便後續處理。如果內容分散，先利用關鍵字或主題分類整理出大綱雛形。

2. AI協助撰寫與架構：接下來運用AI來將素材轉化為書稿文字。比如使用ChatGPT或Notion AI這類生成式模型，請它依照你的素材內容產生章節大綱，再逐章撰寫初稿。你可以這樣提示ChatGPT來獲得良好的結果：

範例提示Prompt：

「我想將以下課程講稿整理成一本給初學者閱讀的電子書，主題是“Python入門”。請依照內容重點產生章節大綱，並給出每章的重點摘要。」（在此插入講稿內容提要）

清楚說明電子書的主題、對象，以及希望AI輸出的格式（章節大綱、摘要等）。ChatGPT會根據提示產生有條理的章節架構和文字草稿。例如，你也可以進一步要求：「請將第1章擴寫成約1000字，風格口語友善。」如此一來，AI就能撰寫出較完整的段落內容。

提示：善用AI來縮短寫作時間。讓ChatGPT列出書籍的重點和讀者想要的收穫，再據此進行寫作。

3. 設計排版與格式轉換：文字內容準備好後，接下來需要讓電子書看起來專業美觀。Canva Docs等工具非常適合這步驟。你可以將撰寫好的文字匯入Canva的文件設計範本，利用其內建的Magic Write（魔法寫作）功能來潤色文字，並套用各種版面配置和插圖，製作出類似雜誌風格的頁面。別忘了為電子書製作一個吸睛的封面——Canva提供許多現成的電子書封面模板，可以快速編輯文字與圖片完成設計。另外，如果需要插圖也可以試試Canva的AI繪圖工具或從庫存相片中選取。

4. 匯出為銷售版本：完成排版後，將電子書匯出為常見格式如PDF（便於直銷或經由電子商店販售）或EPUB（適合電子書閱讀器）。在Canva Docs中通常直接匯出PDF即可。如果需要EPUB，可使用Calibre等免費工具將PDF轉換，或直接在有此功能的平台上編輯（例如直接用Google文件的ePub匯出）。至此一本電子書就完成了！你可以將它上架到你的銷售平台（如Gumroad、Readmoo或亞馬遜KDP等）開始販售。

透過以上步驟，運用AI可以大幅縮減製作電子書所需的時間與人力。過去需要專業美編、排版才能完成的工作，現在利用數位工具和套版很快就能達成。你要做的就是專注提供內容的價值，其他瑣碎的整理、美化工作就交給AI幫你處理吧！

2. AI協助製作線上課程影片

製作線上課程影片常被視為高門檻的任務：傳統上需要攝影器材、錄音設備、剪輯軟體，以及上鏡講解的勇氣。不過現在有許多AI視訊工具可以極大地簡化這個流程，讓你不用自己出鏡也能做出專業的課程影片。事實上，現代的AI影片生成器（如Synthesia、HeyGen、Pictory等）能在短時間內組合高品質的影片內容。以下我們將介紹一條從文案腳本到影片成品的快速路線圖，並點出每個步驟適合使用的AI工具。

第一步．：撰寫課程腳本：

一個清晰的腳本是影片的靈魂。先決定每支課程影片的主題和長度（例如5分鐘講解某個概念）。你可以利用ChatGPT協助起草講稿，語氣和難度設定符合目標學習者。例如我們想讓AI扮演專業講師來寫講稿：

範例提示Prompt：

「你是一位經驗豐富的行銷講師，請為"社群行銷入門"課程撰寫一段3分鐘長度的影片講稿。內容應涵蓋什麼是社群行銷、基本策略，語氣輕鬆幽默，讓初學者容易理解。」

獲得講稿後，仔細校對內容的正確性和流暢度。接著，就可以交給視訊生成工具來實現了。

第二步：使用AI虛擬講師生成影片

用數字人工具替你製作由你做主講的影片內容，製作方法及工具請參閱本書的第九章第三及四部份-數字人章節。透過這類工具，你可以快速為每一課生成有人講解的影片內容。

第三步：豐富畫面與自動化剪輯

如果課程需要的不只是老師講課畫面，你還可以利用AI來生成圖文並茂的教學影片。例如CapCut / Pictory / Veed等工具把文字自動轉換成影片，再套上你的數字人影片的語音及影像在畫面上，你便完成初步影片製作了！這一部份的教學請參照本書第九章第二部份-一鍵生成科普影片。

以上流程充分利用了AI的各項能力，讓「寫腳本→拍攝→剪輯」三大環節大幅自動化。透過這些AI工具，團隊能在原本一半不到的時間內製作出高品質的影片內容。現在，即使沒有攝影棚和專業剪輯師，你也可以輕鬆打造自己的線上課程影片，把知識生動地傳遞給學生。

3. AI協助製作教學手冊與教案

除了電子書和影片，一些教育內容創作者還需要編寫傳統的教學手冊或教案（lesson plan）。這些通常包含教學目標、教材清單、授課步驟、練習題與評量方式等項目。撰寫這些文件往往繁瑣耗時，不過AI同樣可以成為你的得力助手。事實上，教師們已經開始使用ChatGPT這樣的工具，在幾分鐘內生成詳盡的教案初稿。我們來看看如何運用AI協助設計教學手冊和教案：

1. 大綱與章節規劃：首先，明確教學主題和對象年齡/程度。例如「中學二年級的科課實驗課」或「給職場新鮮人的Excel培訓課程」。接著，利用AI幫你將教學內容拆解成合理的模組或章節。你可以提示ChatGPT說明「課程的學習目標」以及希望涵蓋的重點，讓它產生一份課程架構。例如：

範例提示Prompt：

「幫我設計一個Python程式入門工作坊的教學手冊大綱。對象是完全沒有程式經驗的成人。請列出主要章節（如基礎語法、控制流程、資料結構等）並提供每章的教學目標。」

AI很可能會產生一個有分章節的架構，列出每部分要教的概念。此時你可以和AI反覆溝通調整，補充你特定想加入的內容。

小貼士：在這階段，盡量清楚指定教案需要包含的要素，例如「每堂課的教學目標、所需材料、教學步驟與時間分配」等。這會引導ChatGPT產出更符合老師實際需求的教案格式。善用AI，你可以很快得到一份邏輯清晰的教學手冊或教案初稿，而不必從零開始絞盡腦汁。

2. 豐富教學活動與練習：有了骨架之後，我們希望讓教學內容更充實有趣。你可以請AI幫忙設計每個章節的教學活動或練習題。例如，「在第二章加入一個小組討論活動題目」，或者「為第3章撰寫5道隨堂練習題（附答案）」。ChatGPT非常擅長產生此類內容，甚至可以根據不同難度調整題目型態。這能節省教師大量時間，同時獲得許多有創意的點子。舉個例子，你可以這樣提示：

   「請為上述控制流程章節設計一個課堂活動，要求學生分組討論一個簡單的程式範例，並分享他們對程式運作流程的理解。」

再比如：

「替第4章‘資料結構’部分設計3道練習題，並提供參考答案，題目難度適中，以鞏固學生對串列和字典的理解。」

利用這種方式，你很快就能替每個單元備妥練習題與活動，大大充實了教材內容。ChatGPT生成的內容當然可以再經過你的專業判斷進行修改調整，確保符合你的教學風格和學生需求。

3. 編輯排版與格式輸出：當所有內容——從章節講義文字到活動說明、練習題——都準備齊全後，最後一步是整理成手冊或教案的形式。你可以使用常用的文書編輯軟體（如Microsoft Word, Google文件）套用現成的範本樣式，使整份文件條理分明。例如將章節標題套用大綱編號，重點提示文字加上醒目樣式等。如果希望有更精美的版面，也可以套用Canva的教案/簡報模板，把文字內容複製進去，加入一些插圖或ICON點綴，使教材更具視覺吸引力。完成後，將最終檔案匯出為PDF供數位發放，或者直接印刷成冊。

透過以上步驟，AI幾乎參與了教學文件產出的每個環節：從課程設計（章節安排）、內容撰寫（講義與活動）、到習題命題。這不僅節省了編寫時間，也能激發更多元的教學點子。例如，有教師使用ChatGPT產生的教案發現其中一些創意活動是自己原本沒想到的，從而豐富了課堂設計。當然，AI提供的是輔助，最後還需由你來把關內容品質並做適當調整。但總的來說，善用AI之後，你會發現準備一堂課的手冊與教案不再是苦差事，而更像是和一位聰明的教學夥伴對話合作的過程。

4. 教學平台選擇與串接

完成了電子書或線上課程內容後，下一步就是將內容上架到合適的平台進行銷售。市面上有許多線上教學與數位商品銷售平台，每個都有自己的強項。以下簡介幾個常見的平台，以及如何將前面製作的內容與它們串接，包含設定價格與會員分級等考量：

- Teachable——一個專為線上課程打造的平台。你可以在Teachable上建立課程頁面，依章節上傳課程影片、附加下載資源（如講義PDF、電子書），並設定課程價格。Teachable提供完整的學生註冊、付款機制，還有基本的行銷工具如折價券、推廣聯盟等。對於內容架構完整的課程（影片＋講義＋測驗），Teachable非常方便。價格方面，Teachable有不同方案，可按月付費或抽佣金模式。你可以在課程中設定一次性收費，也可以設定付款計畫（如分期付款）或訂閱制。

  若有大量課程，Teachable也支援課程組合套裝及會員方案：例如用戶支付月費成為會員，即可觀看你所有課程。簡言之，Teachable適合想快速開始販售課程的新手講師，它的介面簡單且提供了從影片託管到收款的一站式解決方案。

- Thinkific——功能與Teachable類似，同樣是知名的線上課程平台。兩者差異在細節上：Thinkific提供較多網站客製化選項和學員社群互動功能，而Teachable則在整合行銷和支援方面見長。如果你重視品牌網站的客製和更進階的課程互動（例如完成課程證書、課後討論區等），Thinkific會是不錯的選擇。上傳內容和定價方式跟Teachable類似，可以對每門課定價，也能建立會員制或銷售課程套裝。兩者都有一定的交易手續費（除非升級到較高階的付費方案）。建議根據你的預算、技術能力以及長遠發展規劃來選擇：預算有限者可從免費方案試用，視需求再升級。

- Kajabi——Kajabi是更高階的線上課程暨會員經營平台。相比Teachable/Thinkific，Kajabi提供全方位的行銷工具（電子郵件行銷、自動化漏斗等）以及網站架設與部落格功能，是一套整合性非常高的解決方案。你可以在Kajabi上不僅販售課程影片，也經營會員社群、發送電子報、架設博客內容，一切都在同一個平台完成。它適合已經有一定規模的內容事業或希望打造個人品牌生態圈的創作者。

當然，Kajabi的價格也較高且依方案限制功能。使用Kajabi上架內容時，你可以充分利用其會員分級功能：例如提供基礎會員（只含文章和社群）、高級會員（含所有線上課程、每月直播）。在設定上，可對不同等級會員開放不同內容以及設定定期收費。總之，如果你希望平台不僅賣課程，更能支援行銷自動化和社群經營，且預算充裕，Kajabi會是理想的選項。

- Gumroad——假如你主要販售的是單一的數位產品（如電子書PDF、模板檔案、影片檔案）而非一整門課程平台，Gumroad是極為簡便的選擇。Gumroad讓你建立一個產品頁面，上傳數位檔案或提供雲端下載連結，設定價格，馬上就能開始銷售。它的收費模式是每筆交易抽成（約10%），不需要月費，門檻低。對於電子書這類一次性購買的產品，非常適合放在Gumroad銷售。你也可以在Gumroad設定付費等級（Membership Tiers），比如建立「基礎版」和「進階版」兩種產品，價格不同，提供的內容物有所區別。很多創作者會利用Gumroad的會員功能來收定期訂閱，例如每月收費提供持續更新的內容。

由於Gumroad操作簡單、付款方式多元（信用卡、Paypal皆可），因此常被用來販售各種小型數位產品，包括我們稍後將討論的Notion模板和教學筆記等。唯一需注意的是，Gumroad並非專門為線上課程設計，缺少影音播放介面和課程結構功能，因此如果你要販售的是一系列課程影片，可能還是上述課程平台比較合適；但若是賣電子書或模板，Gumroad絕對是上手最快的。

平台串接提示：不論選擇哪個平台，上架時都請注意內容的串接與測試。例如，在課程平台上傳影片後，確認影片可以順利播放、講義PDF能正確下載；設定會員等級或優惠券後，最好自己模擬購買流程測試一遍，確保不同等級的用戶只能存取允許的內容。大多數平台也允許你使用自訂網域名稱（Custom Domain），如果你已有官網，將課程平台連結到自己的網域可提升品牌一致性。此外，也別忘了串接一些追蹤與行銷工具：例如Google Analytics追蹤銷售頁面流量，或者將購買者的電子郵件透過Zapier等工具加入你的電子報系統，方便後續經營客戶關係。

總之，選擇平台時應考量你的產品類型（課程還是單檔產品）、預算和未來經營模式。可先從簡單的平台起步，待營收增長後再逐步升級到功能更強大的平台。重點是，平台只是輔助工具，優質的內容和對學員用戶的服務體驗才是留住付費者的關鍵。

5. 被動收入 - 簡易數位產品範例與策略例子

除了完整的電子書和課程，大量知識創作者也會販售一些輕量級的數位產品作為收入來源。這些產品通常製作更簡單、定價較低，但對特定受眾有實用價值，同樣能累積可觀的收益。以下是幾個常見的例子，以及對應的販售策略：

- Notion模板：隨著Notion筆記軟體流行，許多人願意花錢購買預先設計好的高效筆記模板。例如待辦事項管理板、內容日曆、理財記帳模板等等。製作Notion模板相對容易，只要你對某種工作流程有獨到的組織方法，就能將它整理成Notion的範本分享給他人。而且一旦製作完成後，可以反覆銷售而無需額外成本，是真正的被動收入產品之一。不少創作者報告透過販售生產力模板、理財模板等每月有不錯的額外收入。銷售Notion模板通常會選擇Gumroad、Notion官方商城或Etsy等平台。

  策略：由於模板單價通常不高，可以考慮薄利多銷，或設計一系列相關模板組合打包販售。同時，提供清晰的使用說明和定期更新也能提高口碑，帶來更多購買。

- ChatGPT提示筆記（Prompts集合）：隨著生成式AI的普及，懂得寫提示詞（prompts）也成為一門學問。有些創作者會將自己整理的高品質ChatGPT提示詞彙整成指南或筆記，製作成PDF或電子書販售。舉例來說，一份「行銷人員必備的50個ChatGPT提示手冊」或者「提升寫作靈感的AI提問清單」。這類產品對於想善用ChatGPT卻不知從何下手的用戶很有吸引力。你可以把提示詞按照用途分類（例如寫作、腦力激盪、客服回覆等），每個提示詞附上說明和範例。由於這實際上也是一種電子書/文件形式，可以在Gumroad上賣，或者直接透過自己的社群管道出售。

策略：在推廣時強調這份提示集合能為用戶節省多少時間、帶來哪些具體好處（如提高工作效率、產出更優質內容）。價格可定在一杯咖啡到幾杯咖啡的價位，屬於衝動購買也能接受的範圍。另外，可以考慮提供其中幾個提示作為試閱或免費下載，引導有興趣的人購買完整版。

- 教學指南PDF：這類似電子書但通常篇幅更短、針對性更強。例如「30天英文文法速成指南」「攝影構圖速查表PDF」等。通常是作者針對某個問題或技能點提供濃縮的知識點總結和步驟指南，讓讀者能快速上手。由於內容精簡實用，這類PDF往往定價較低（例如台幣幾十元到幾百元不等），購買門檻低，非常適合用來大量銷售或作為建立信任的引流產品。

  策略：可以將這類指南當作銷售漏斗的前端：先以平價甚至免費獲取讀者，之後再推廣更高價值的產品（如完整課程或諮詢服務）。當然，單靠大量賣PDF本身也能有不錯的收入。如果有多份相關主題的指南，還可以打包成套，提供折扣以提升客單價。

- 其他模板/素材：除了Notion，還有很多數位模板或素材可以販售，例如PPT簡報模板、Excel報表模板、插圖圖示包等等。這些如果你本身在工作中已經整理過，不妨整理潤色一下掛在網路上賣。以PPT模板為例，假如你設計了一套風格統一的簡報樣板，商業簡報人士可能很樂意花費小錢購買節省自己製作的時間。又或者Excel神表，內建複雜公式的財務記帳表格，對特定族群有極大價值。

策略：在宣傳這類產品時，要站在解決問題的角度，告訴潛在買家這模板能為他們省下多少時間、避免哪些麻煩。同時提供一些使用教學或客戶評價，增加信任度。

綜合以上例子，可以發現一個共通策略：由淺入深建立產品組合。也就是說，你可以先從簡單易產出的低價產品開始，吸引和累積一批支持你的付費用戶；接著在此基礎上推出更大型或高價的產品（如完整課程、諮詢服務），此時因為已有信任基礎，較容易轉化。而前期那些簡易數位產品本身也能持續帶來收入，一舉兩得。正如有專家指出的，現代人生活中充斥著各種數位內容產品——只要你的產品能滿足特定需求，就有其市場。不論是一本精心打磨的電子書，還是一個小巧實用的Notion模板，都值得投入時間去創作和販售。

最後，要善用先前章節討論的平臺與行銷技巧，把產品順利送到目標客群手上。記住，內容價值永遠是核心：AI可以加速製作、擴大產量，但產品是否熱賣，取決於它能解決用戶多大的痛點或帶來多少收穫。希望透過本章的介紹，你能對運用AI創作數位商品有更全面的了解，並且充滿信心地開始打造屬於自己的數位產品組合。

Chapter 11 用AI建立個人網站與品牌官網

想像一下，你只需要簡單幾句描述，AI就能幫你搭建出一個漂亮的個人網站！在這一章，我們將一起探索如何運用人工智能工具，輕鬆打造你的個人網站或品牌官網。我們會從三個面向來介紹：如何用AI生成網站內容（撰寫網頁文案）、如何進行SEO優化提升曝光，以及善用智能網站設計工具快速完成網站架設。最後我會提供許多實用範例prompt，可以直接套用在你的AI工具上。

AI SEO優化

無論是影片還是網站，如果想讓更多人在Google上找得到你，就需要考慮SEO（搜尋引擎優化）。同樣地，你的影片Hashtag也是可以用這個方法去寫出最佳效能的SEO。簡單來說，SEO包括了優化標題、描述、關鍵字佈局等，讓搜尋引擎更容易理解並收錄你的內容。過去，SEO往往需要研究關鍵字、撰寫合適的meta標籤，對新手而言頗具挑戰。不過現在有AI工具的協助，很多繁瑣的步驟都能簡化。像NeuronWriter、Writesonic這類AI寫作/優化工具，甚至直接用ChatGPT，都可以幫你產出

SEO友善的文字，提升網站及影片在搜尋結果中的能見度。

讓我們從標題與描述開始。每個網頁都有所謂的標題（Title tag）和描述（Meta Description），這兩個元素會顯示在搜尋引擎結果中。一般建議標題長度在約50—60個字元內，才能在搜尋結果中完整顯示；描述則約在100—160字元，以提供精簡的內容摘要。一個好的標題應該包含主要關鍵字，並清楚點出該頁面的主旨。而描述則可以稍微詳述內容，帶有號召行動的語氣吸引點擊。現在，你可以運用ChatGPT或Writesonic來自動生成這些標題和描述，而不必自己苦思字句。例如，我們可以對ChatGPT下達以下指令：

●SEO標題與描述Prompt範例：

「我的網站是一個攝影作品集，主要關鍵字是“婚禮攝影”。請幫我產生一組SEO標題和meta描述：標題不超過60個字元，包含“婚禮攝影”且具吸引力；描述不超過150字元，大綱介紹我的服務特色，並包含“婚禮攝影”這個詞，再加上一句號召行動鼓勵讀者聯繫預約。」

（這個prompt會引導ChatGPT產生一個適合婚禮攝影網站的標題，例如「打造永恆回憶的婚禮攝影師|[你的名號]」，以及一段精簡有力的描述，包含服務亮點與Call-to-Action。）

使用AI來產生這類meta標籤非常省時，而且通常措辭精準、包含關鍵字。Writesonic等工具甚至有專門的「SEO標題/描述產生器」模板，你只要輸入網頁主題關鍵字，它就會吐出多組備選方案。例如，有人評價Writesonic可以快速產生多個高品質的meta描述，連免費版本都可以使用，對小型網站或個人品牌非常友好。除了標題和描述，你也可以讓AI幫忙蒐集關鍵字。例如，請ChatGPT提供「和婚禮攝影相關的10個熱門搜尋關鍵字」。甚至像NeuronWriter這樣的進階工具，還能對特定關鍵字做深入的SERP（搜尋結果頁面）分析，找出排名前幾名的網頁用了哪些詞，文章架構如何，然後建議你應該加強哪些內容。它結合了AI文章生成功能，能根據分析結果產出段落或標題建議，幫你快速寫出更有機會排名靠前的內容。

當然，如果沒有使用這些專業工具，其實ChatGPT本身也能覆蓋大部分SEO寫作需求。你可以要它檢查你的文章有無漏掉某些關鍵字，或請它改寫內容使關鍵字出現頻率更高但讀起來依然自然通順（切忌關鍵字堆砌）。例如可以prompt：「請在不改變原意的前提下，將以下段落改寫，加入關鍵字"婚禮攝影"一次：……[貼上段落]……」。ChatGPT甚至可以幫你產生網站的部份結構化資料（Schema markup）或撰寫圖像的替代文字(alt text)，這些都有助於SEO。總之，把AI當成SEO小幫手准沒錯：從關鍵字發想、內容優化到meta標籤撰寫，都可以適當交給AI處理。最後你只需要把AI給的結果稍作審核（確認語句流暢、沒有誤用關鍵字）就行了。這樣一來，就算你不是SEO專家，也能透過AI工具，為你精心製作的網站內容穿上「搜尋引擎友好」的外衣，增加在茫茫網海中被看見的機會。

智能網站設計工具

有了內容和SEO方針，接下來就是實際建站。傳統架設網站可能需要會寫程式、懂設計，對於非技術背景的創作者是道不小的門檻。不過現在多數網站平台都走向「所見即所得」的編輯介面，更厲害的是，已經有不少平臺引入了AI來當你的網站設計師！也就是說，你只要回答幾個簡單問題、點幾下按鈕，AI就能幫你產生整個網站雛型，包括版面配置、樣板風格，甚至圖像和基本文字都給你放好了。這部分我們將推薦幾個容易上手的智能建站平台：Wix的ADI（人工設計智能）、Durable AI建站工具，以及10Web的AI WordPress平台。它們各有優點，非常適合想要快速建立網站的你。以下們分別介紹怎麼開始，以及彼此差異。

Wix ADI人工智慧建站

Wix是知名的自助建站平台，而Wix ADI（Artificial Design Intelligence）是它內建的AI設計助手。Wix ADI特別適合新手，只需幾個步驟就能產出網站雛形，難怪有評測稱它是「最快速且最容易使用，完全初學者理想的工具」。使用Wix ADI建站，大致流程如下：

1. 啟動AI模式：在Wix平台選擇「用AI建站」（Create with AI）的選項。如果還沒有帳號，先免費註冊一個Wix帳號，進入網站建立流程時會看到這個AI建站精靈。

2. 回答問題：接下來會出現一個聊天機器人介面，詢問你一些簡單問題，例如：「你的網站名稱是？主要目的或類型是什麼？希望網站具備哪些功能（如購物車、部落格）？」等等。只要根據提示回答，ADI會把你的回答彙整成網站需求摘要。

3. 生成網站：當你回答完問題並確認無誤後，一鍵讓AI開始生成網站。通常只需要幾十秒，Wix ADI就會為你打造出一個客製化的網站，包含相關頁面、預填的內容和版面配置。比方說，如果你選的是攝影作品集網站，它可能會產生首頁、關於我、作品集展示頁和聯絡頁等，排版和風格都符合攝影主題。

4. 編輯調整：網站出來後，你可以對AI產生的結果進行自訂和編輯。Wix ADI不會限制你後續修改，它其實和Wix傳統的拖拉式編輯器是相通的。也就是說，你可以進一步調整文字內容、更換圖片，甚至重新排版區塊的位置。Wix ADI幫你省去了從零開始設計的麻煩，但保留了靈活度讓你打造獨一無二的風格。例如你可以換上一張自己的大頭照作為首頁橫幅，或改變配色以符合你的品牌識別。

Wix ADI之所以受到推薦，原因正是因為簡單易用。相較其他一些建站工具，Wix ADI的學習曲線非常平緩，幾乎不需要任何技術知識即可上手。而且Wix本身功能強大，ADI產生的網站其實是建立在Wix平台上，你日後還可以添加各種功能模組（例如小型電商、預訂行事曆、電子報訂閱等）。實際使用過程中，你會感覺像是在和聊天機械人一起「對話設計網站」——提供資訊，選擇喜好，然後看著AI幫你拼出一個初稿，接著你再微調。對於想節省時間又不想放棄創意掌控的人，Wix ADI是很理想的選擇。

Durable AI快速建站

如果說Wix ADI已經很快速了，Durable AI建站更是將速度發揮到極致。Durable主打30秒內生成網站，定位是小型企業和個人快速上線的解決方案。使用Durable建站的步驟更簡潔：

1. 輸入基本資訊：在Durabl的網站，點選開始建立新網站。它通常會要你輸入幾項關鍵資訊，例如行業類型和你的業務/網站名稱。有時還會問所在地區，以便生成聯絡資訊等。你不需要挑選模板或顏色——這部分AI會自動幫你決定。

2. AI生成網站：提交上述資訊後，Durable的AI就開始運作，並在幾秒鐘內生成一個完整的單頁網站！這個網站通常包括一個吸睛的首頁橫幅（幫你放上了行業相關的圖片和一句標語）、一段關於你的介紹文字、服務項目區塊、聯絡表單等，基本上小型官網該有的元素它都準備好了。甚至AI連圖片和圖示都替你配好，真的相當省事。

3. 後續調整：Durable雖然快速，但難免初稿比較制式。生成後你可以在編輯器中修改文字、替換圖片、調整配色等，以符合你的品牌形象。Durable採用的是模組化區塊編輯，左側有選單讓你編輯各部分內容。例如，它可能產生了一段「Our Services我們的服務」說明，而你是一位獨立攝影師或創作者，沒有明確的服務清單，你就可以刪除或改成其他段落。

總的來說，Durable非常適合想要極速得到一個網站雛形的情境。它的優勢在於毫不費力就有個「可用」的網站上線，對於時間寶貴的創業者或想先驗證概念的人來說很棒。而且Durable不僅僅是建站，它還內建了行銷工具和簡易CRM，可幫你處理簡單的行銷郵件、發票、甚至部落格文章生成等——真正定位是小型全方位業務套件。不過相對的，它給的模板選擇較少，產出網站的版型也比較雷同（很多行業產生的網站看起來結構都很相似）。如果你追求高度獨特的設計，Durable可能需要你後續再花點時間美化。但就「快速上線」這件事而言，Durable幾乎無人能出其右。

10Web AI WordPress建站

第三個推薦的是10Web，這是一個基於WordPress的AI建站平台。如果你偏好使用WordPress（全球最流行的建站系統之一），但又希望有AI協助加速，那10Web就是為你準備的。10Web AI Website Builder可以理解為一個智慧化的WordPress一鍵建站方案——你描述你的業務，它幫你生成一個對應的WordPress網站。其特點是和WordPress知名的頁面編輯器Elementor深度整合，AI產生的網站可以直接在Elementor裡進一步調整。

使用10Web，大概流程如下：首先在10Web平台上輸入你的網站描述（例如「一家線上烘焙食品店，需要展示產品和訂購資訊」），AI會根據描述自動挑選或組合一套WordPress佈景主題，生成對應的頁面內容。它可能會給出幾套版型讓你預覽，選定之後，就把整個網站架構安裝到你的WordPress裡。之後，你就可以透過Elementor等工具去微調每個細節。由於是WordPress架站，你擁有完全的掌控權，可以安裝外掛、添加功能、優化SEO等等。10Web的AI等於幫你把基礎的「框架」先搭好，節省你自己選主題、匯入範本的時間。同時，10Web在國外的口碑也不錯，被評為市場上最快且可靠的網站構建器之一（他們有超過10年的WordPress開發經驗背書）。

因此，如果你的網站長期規劃是基於WordPress生態（例如日後會增加部落格文章、電商插件等），使用10Web的AI起手是明智的選擇——先快速度過起步階段，接著再利用WordPress的彈性慢慢擴充。

需要注意，相較於Wix這種全託管平台，使用10Web意味著你還是進入了WordPress的環境，所以對完全零基礎的人來說，後續可能需要適應一下WP的後台介面。不過10Web已經盡量把繁瑣簡化，他甚至提供一鍵優化網站速度、安全等功能。總之，如果你心中嚮往的是WordPress的自由度，又希望減少前期建站的煩惱，那麼10Web會是很好的妥協方案。

平台比較與版面配置建議

綜合來看，以上三種AI建站方案各有千秋：Wix ADI對新手最友善，操作介面直觀，又有Wix強大的功能生態做後盾；Durable則勝在火速上線，幾乎不用自己動手但樣板相對制式，適合追求速度勝過完美的人；10Web則給了你WordPress的強大彈性，對未來擴充性要求高的人是福音，但學習成本稍高一點點。你可以根據自己的需要和技術舒適度來選擇。其中，如果你完全沒有建站經驗，建議先從Wix ADI開始試試看，體驗一下跟AI對話做網站的過程，建立基本概念後，再決定是否轉換平台也不遲。

網站基本內容清單：

拿到一個AI產出的網站雛形後，頁面內容怎麼安排也是一門學問。AI雖然會幫你鋪好基本的版型，但仍建議你了解典型個人/品牌網站應該包含的要素，以便檢查有無遺漏，並對版面做適當調整。以下是一些基礎的版面配置建議：

- 清晰的首頁佈局：首頁通常是訪客第一眼看到的頁面，建議上方放一個醒目的標語（Headline），一句話說明你是誰或你的品牌主旨，以及一個簡短的副標題闡述價值主張。可以搭配搶眼的大圖片或背景視訊。接著首頁往下，可以放一段你的專業簡介或品牌宣言（類似電梯簡報），讓人快速了解你提供的服務或產品特色。最後，不要忘了在首頁明顯處放一個行動呼喚（CTA）按鈕，例如「聯絡我們」「查看作品」等，引導訪客採取下一步行動。

- 關於我/我們頁面：這是展示個人品牌故事的地方。內容上包括專業背景（你擅長什麼，經歷過哪些里程碑）和個人風采（你的熱情、理念，適度加入一些輕鬆的小細節讓人覺得有親和力）。一張好的個人照片或團隊照片也很重要，能增強信任感。寫作上保持真誠，讓讀者透過文字「認識」你，建立連結。

- 服務或產品頁面：列出你提供的服務項目或販售的產品清單。每項服務/產品都應該有一個簡短標題和幾句描述，重點說明其特色與能為客戶帶來的好處。如果可能的話，添加客戶推薦詞或評價，提升說服力。很多個人品牌網站會把這部分和「關於我」結合成單頁，但如果內容較多，分成獨立頁面會更清晰。

- 作品集（Portfolio）或案例研究：若你是創作者、設計師、開發者等，有具體作品成果，一定要設立作品集區塊。可以是一個Gallery輪播展示圖片縮圖，點擊可以看詳情。或是案例研究的方式，說明你如何為某客戶解決問題、帶來效益。這部分能有效展現實力，勝過千言萬語的自誇。

- 聯絡方式：千萬別讓對你感興趣的訪客找不到人！在網站明顯處（通常是主選單最後一項或頁尾）提供聯絡資訊。包括電子郵件地址、社群媒體連結，或直接放一個聯絡表單方便訪客填寫留言。如果你願意，也可以留電話或即時通訊方式。對於品牌官網，列出公司地址和地圖位置也專業度加分。

- 最新消息：這不是必須的，但如果你有穩定產出內容的計劃，設置一個部落格版塊有助於SEO和經營讀者社群。你可以在這分享專業見解、教學文章或個人心路歷程，加強粉絲對你的認識與黏著度。當然，開啟這個板塊也意味著你要投入時間經營，否則一個沒有更新的部落格可能適得其反。

- 其他元素：視你的領域而定，還有一些頁面可能有用。例如「常見問答（FAQ）」可以預先回答訪客的典型疑問；「媒體報導」可以展示你上過的媒體或客戶名單，建立公信力；「價格方案（Pricing）」清楚列出服務收費等等。剛開始可以從簡，保留日後擴充的餘地即可。

在調整版面的過程中，AI可以再次派上用場。例如Wix的AI Section Generator可以讓你用文字描述需要的區塊，它就自動生成設計完善的段落；許多平台內建的圖庫和AI圖像生成功能（像Wix甚至有AI圖像產生器）也能幫你快速找到適合的圖片，而不必自己拍攝或美工。儘管如此，還是建議你多花點心思確保網站風格與你的品牌一致：色調、字型、語氣等等前後統一，給訪客專業可靠的印象。

最後，千里之行始於足下，先把網站發布出去再說！AI工具已經讓建立網站的過程前所未有地輕鬆了，我們應該好好把握這點，把更多精力放在網站內容本身和後續的經營上。別忘了定期更新你的網站（哪怕是小調整，也能讓它保持活力），並善用AI持續優化。不需要會寫程式，也不需要龐大的預算，現在就動手試試這些AI建站工具，相信你很快就能擁有一個讓自己驕傲的個人網站或品牌官網！

結語
AI是你的超能力

當我坐下來寫下這最後一章，腦海中浮現的是過去幾年自媒體創作環境的巨變。還記得剛開始接觸AI工具時，心中半信半疑又期待萬分，如今它已成為每日工作的一部分。從靈感發想到內容編輯，AI一路陪伴，幫助我們省下大量時間和精力。對創作者而言，這就像突然多了一個不知疲倦的超強助手——你腦中一閃而過的點子，AI都能迅速抓住並延展成完整的提案；而那些曾經讓人頭疼的繁瑣小事，現在AI也能自動替你打點好。許多創作過程中耗體力的部分正逐漸被智慧機器接管，而我們則終於空出手來，專注投入更有價值的工作。

更令人驚喜的是，AI不只幫我們「節省」時間，也在不斷「激發」更多靈感。當靈感枯竭時，與其獨自苦思，不如試著向AI討教——常常幾秒鐘內它就能拋出新點子讓我們茅塞頓開。即使最後只有一兩個建議真正在影片腳本中派上用場，那也是從無到有的突破，更何況這過程幾乎不費我們任何心力！很多時候，AI的提議就像創意火花的引線，點燃了腦中原本隱約可見的火光。隨著AI分擔了越來越多的瑣碎勞務，我們反而有餘裕精進自己的技巧、投入更宏觀的內容策略。

Microsoft的技術長Kevin Scott就曾指出，生成式AI正在大幅降低創意表達的門檻，讓更多人能借此展現才華；同時AI接手了許多無法帶來成就感的瑣事，讓人們得以專注於真正具策略價值的工作。結果就是，我們可以把省下的腦力投入那些最重要的環節——不論是打磨故事的立意，還是與粉絲深入互動交流。有了AI的助力，創作者彷彿卸下沉重的背包，身輕如燕地去攀登更高的創作高峰。

展望未來，AI在自媒體領域的影響只會更加深遠。接下來的五年，我們極可能看到以下幾項趨勢逐漸成為現實。

未來五年：AI與自媒體的進化

未來五年裡，自媒體創作者與AI的協作將邁向新的高度，帶來一些引人入勝的變化：

- 多模態創作與智慧助手：AI技術正朝「全方位」進化——新一代模型將能同時理解並生成文字、語音、圖像甚至影片等多種媒介內容。這代表甚麼？一位創作者只要提出一個想法，就能讓AI幫忙自動生成對應的圖像、配樂，甚至剪輯出影片，內容製作將變得前所未有地一氣呵成。然後大家都可以做到：你用一句話描述構想，AI就產出一段完整的影音內容；這聽起來不像科幻，而將成為日常。同時，專屬的AI智慧代理人也可能興起——它可以在幕後替你蒐集資料、排定貼文發佈計畫，甚至初步回覆觀眾的常見提問，成為你24小時在線的虛擬小幫手。這些趨勢讓創作者能把更多精力放在創意和決策上，重複性工作則放心交給AI處理。

- 行銷個人化策略與粉絲經營：在行銷層面，未來內容將更趨向「千人千面」。AI可以根據每位觀眾的興趣與行為，自動調整內容呈現方式，提供真正個人化的體驗。我嘗試大膽幻想一下，同一條影片，鐵粉看到的是加入內梗的特別版，新觀眾則看到精簡重點的入門版——每個人都彷彿在觀看專為自己打造的內容。透過AI對受眾數據的分析，我們也將更敏銳地捕捉社群脈動，提早發現下一個爆紅話題或粉絲關注的議題。

  另一方面，創作者與粉絲的連結預計會更加緊密：有了AI，我們可以更從容地經營社群並及時互動。你的每篇貼文都能透過智能排程在最佳時刻發佈，甚至為不同圈層粉絲自動調整措辭語氣；AI也許還能協助你識別忠實粉絲群體，針對他們提供專屬內容或福利，強化社群的歸屬感。值得注意的是，在一切自動化的同時，真誠仍是關鍵。沒有人希望和一個腳本生成的「機器網紅」互動，所以未來成功的創作者會善用AI擴大觸及與精準度，但仍親自維繫與粉絲間的溫度，用人性去填補技術不能替代的部分。

- 創作流程革新與小團隊崛起：AI對創作者工作模式的改造將十分深刻。我們會看到越來越多「一人內容團隊」的出現——過去需要三五人協作的影片製作，如今一個人加上AI助手就能搞定。事實上，已經有先行者分享他們藉助AI在短時間內達成了以往難以想像的產出規模：曾經幾個月的內容量，現在幾週內就創作完成。兩三年下來，AI不僅幫助創作者加快產出速度，更從根本上改變了我們的工作範圍——時間、精力的舊有瓶頸被大幅推開。未來的創作者將愈發擅長與AI協同工作：把AI視為「第二大腦」或「軍師搭檔助手」，先讓它協助準備初稿、素材、數據分析，然後由你掌控內容風格與創意定案。

這種人機共創的混合流程將成為新常態，創作的速度和品質雙雙提升。更棒的是，個體創作者因AI加持而具備了「小團隊的威力」，完全可以嘗試更大膽的企劃——人少一樣能辦大事。未來的內容創業公司可能只有一兩個核心成員，但在AI工具輔佐下卻能運作得有模有樣，甚至與傳統大團隊分庭抗禮。

當然，無論技術如何突飛猛進，有些事情不會改變：內容創作的靈魂始終是人。我始終相信，AI再強也只是輔助，真正決定內容溫度與深度的，是創作者本人。我曾聽過有人提到一個關鍵點：「再先進的演算法也無法複製你與觀眾之間無形的連結。」這句話值得我們所有人記在心上。AI可以幫你寫稿、剪片，甚至模擬你的說話風格，但它模仿不出你的初心、你的價值觀，以及多年累積下來與觀眾培養的信任感。正因如此，我們才說AI是你的超能力，而不是你的替代品——它放大的是你的優勢，而非取代你的存在。換個角度想，AI就像一面放大鏡，能將你已有的能力與知識無限擴展。拿著這面放大鏡，你可以看得更遠、做得更多，但鏡頭下放大的，始終是你原本的光芒。

寫到這裡，我腦海中不禁再次浮現開頭的那個比喻：AI就像為創作者配備了一套高科技戰衣。在這套戰衣的加持下，我們可以飛得更高、跑得更快，完成一些過去不敢想的壯舉。但別忘了，戰衣的主宰是穿上它的那個人。AI確實讓你變得更強大，可你依然是故事的主角。未來已來，現在的你手中已經握有這樣的武器。是時候揮動這把利劍，去探索屬於你的創作新天地。同時也要牢記：劍再鋒利，決定故事走向的始終是握劍的人。

願你帶著這份對AI的從容與智慧，繼續勇敢地創作下去，用屬於你的獨特光芒，照亮自媒體的廣闊舞台。希望大家也找到適合自己的舞台。

附錄
AI工具大全與
推薦資源
AI

AI工具大全

文字創作／內容生成

- ChatGPT（chat.openai.com）：由OpenAI開發的大型語言模型聊天機器人，能根據使用者的文字指示自動產生內容，包括對話、文章、摘要等多種文本。

- Jasper（jasper.ai）：基於人工智慧的寫作助手工具，擅長根據用戶提示自動生成各種風格的行銷文案、部落格文章等文字內容。

- Copy.ai（copy.ai）：AI驅動的行銷文案生成平台，可快速產生各種行銷所需的文字內容（如部落格文章、社群貼文、廣告文案、電子郵件等），大幅節省撰寫時間與精力。

圖像生成

- MidJourney（midjourney.com）：基於人工智慧的圖像生成工具，透過分析使用者輸入的文本提示（Prompt）自動創作各種風格且高品質的圖片。

- Leonardo（leonardo.ai）：新興的AI圖像生成平台，專注於製作高品質的遊戲美術和概念圖，同時提供直觀的網頁介面、內建圖像編輯器和提示詞生成器等強大功能。

- DALL-（openai.com）：OpenAI推出的文本生成圖像模型，能根據自然語言描述創造出對應的創意圖片，展現AI在繪製視覺內容方面的強大能力。

影片剪輯與字幕

- 剪映（capcut.com）：字節跳動旗下推出的全功能視頻剪輯工具，提供剪輯、變速、濾鏡、美顏、配樂、字幕自動生成等豐富功能，讓創作者能輕鬆剪出專業級的短影片內容。

自動化與流程管理

- Zapier（zapier.com）：知名的無程式碼自動化平台，可串聯超過數千種網路應用服務，讓不同軟體之間自動執行工作流程（例如同步資料、觸發跨平台操作），大幅減少人工處理重複性任務的時間。

- Notion AI（notion.so）：協作筆記工Notion中內建的人工智慧助手，可協助使用者在工作區中完成內容產生與整理，例如自動撰寫文章草稿、潤色文字、總結重點、翻譯語言等，提升創作和整理效率。

數據分析與行銷

- Hootsuite（hootsuite.com）：老牌社群媒體管理工具，能協助內容創作者規劃、多平台排程並協同發布貼文，並具備自動發文、社群監控、成效報告等功能，方便統一管理多個社群帳號的內容行銷。

- Google Trends（trends.google.com）：Google提供的搜尋趨勢分析工具，可視覺化呈現特定關鍵字或主題在不同時間和地區的搜尋熱度，讓創作者了解受眾關注的話題走向，用於選題策劃和市場洞察。

虛擬人與AI主播

- HeyGen（heygen.com）：AI虛擬數位人影片生成平台，上傳照片或短片即可一鍵創建個人化的虛擬主播。輸入文字腳本後，平台能生成擬真的主播影像替您朗讀稿件，並支援將講稿自動翻譯配音成多種語言。

- Synthesia（synthesia.io）：領先的AI視頻生成平台，提供上百種不同身份的虛擬人角色。用戶選擇虛擬演講者並輸入文字內容後，AI即能合成對應語音並驅動虛擬形象口語表達，快速生成高度擬真的數位主播影片。

推薦閱讀與學習資源

書籍推薦

- 《AI生成時代：從ChatGPT到繪圖、音樂、影片，利用智能創作自我加值》——全面介紹生成式人工智慧在文字、圖像、音樂、影片等領域的應用，教你如何運用這股內容創作力為自己加值、掌握優勢與劣勢，跟上未來趨勢成為不可取代的人才。

- 《AI無所不在的未來：當人工智慧成為電力般的存在，人類如何控管風險》——科技作家馬丁·福特（Martin Ford）所著，從務實角度解析AI技術普及對產業與生活的衝擊。作者強調擺脫炒作與誇大的想像，重新認識人工智慧並思考在AI如同電力般無所不在時如何管理風險與把握機遇。

- 《內容電力公司：用好內容玩出大事業》——內容行銷運動的創始人喬·普立茲（Joe Pulizzi）的暢銷著作，系統性提出「內容創業模式」的七大步驟。本書透過大量實例說明如何以優質內容吸引目標受眾、打造品牌影響力，進而將粉絲轉化為事業成功的基石，非常適合自媒體創業者參考借鑑。

- 《年收百萬自媒體經營術：一個人也能成功創業！》——知名自媒體創作者蕾可（Reiko）以自身經驗寫就，分享從零開始經營個人品牌一路達到年收入百萬的心得。書中聚焦「心法」與實戰經歷，提供成為KOL（關鍵意見領袖）的實用建議：如何穩定產出內容、經營粉絲社群，以及將流量轉換為實際收益等寶貴經營心法。

- AI Superpowers（Kai-Fu Lee）——李開復以中美視角剖析人工智慧產業格局的暢銷書。在書中他探討了中國在AI領域迅速崛起的歷程，以及美中兩國在技術應用、生態系統和創新文化上的差異，闡明AI正從「研發時代」走向「實務應用時代」，這將帶來全球商業與社會的重大轉變。

- Crushing It!（Gary Vaynerchuk）——社群時代的個人品牌經營指南。作者分享各領域內容創作者的成功案例和策略，強調在當今社群媒體主導的時代打造個人品牌與影響力的重要性。本書教讀者如何善用不同平台特性持續產出內容，建立真實連結的粉絲群，進而開創專屬於自己的事業道路。

線上課程平台

- Hahow好學校（hahow.in）：台灣知名的線上課程平台，匯集各領域的中文課程。包含人工智慧應用、自媒體經營、行銷技巧、設計創作等主題，讓內容創作者可以彈性自學新技能，在職進修提升自己。

- PressPlay Academy（pressplay.cc）：華人地區著名的數位學習平台，提供超過千堂線上課程。課程形式多元，涵蓋影音剪輯、插畫設計、部落格經營、投資理財等。創作者可透過訂閱或購買課程隨時學習，汲取實務經驗並與講師及同好交流。

- Coursera（coursera.org）：全球大型公開線上課程（MOOC）平台，與頂尖大學及機構合作開設課程。擁有眾多與AI、資料分析、數位行銷等相關的英文課程和專項，內容創作者可以跟隨名校課程學習前沿知識，取得認證或專業證書。

- Skillshare（skillshare.com）：專注於創意領域的線上學習社群，採會員訂閱制。平台上匯聚了大量關於攝影剪輯、繪畫設計、寫作文案、社群營銷等實用課程，適合創作者精進內容製作技巧，並從同儕社群獲得靈感與反饋。

AI 我獨自升級

■系　　列：自我增值
■作　　者：文恩澄Rannes
■出 版 人：Raymond
■責任編輯：Sally Ng
■封面設計：samwong
■內文設計：samwong
■出　　版：火柴頭工作室有限公司 Match Media Ltd.
■電　　郵：info@matchmediahk.com
■發　　行：泛華發行代理有限公司
九龍將軍澳工業邨駿昌街7號 2 樓
■承　　印：新藝域印刷製作有限公司
香港柴灣吉勝街45號勝景工業大廈4字樓A室
■出版日期：2025年7月初版
■定　　價：HK$138 / NT580
■國際書號：978-988-70511-9-0
■建議上架：自我增值